W I N G S ・ N O V E L

椅子職人ヴィクトール＆杏の怪奇録④

お聞かせしましょう、カクトワールの令嬢たち

糸森 環
Tamaki ITOMORI

新書館ウィングス文庫

S H I N S H O K A N

お聞かせしましょう、カクトワールの令嬢たち　椅子職人ヴィクトール&杏の怪奇録④　目次

椅子職人ヴィクトール＆杏の怪奇録
登場人物紹介
小椋健司《おぐら・けんじ》
椅子工房「栢倉《つくら》」及び「TSUKURA」の工房長。霊感体質。
高田 杏《たかだ・あん》
椅子工房「栢倉《つくら》」及び「TSUKURA」の両店舗でバイトをする高校生。霊感体質。
島野雪路《しまの・ゆきじ》
椅子工房「栢倉《つくら》」及び「TSUKURA」の職人見習い。杏とは高校の同級生。霊感体質。
星川 仁《ほしかわ・じん》
家具工房「MUKUDORI」のオーナー。ヴィクトールの友人で、よく厄介ごとを押し付けてくる。

室井武史《むろい・たけし》
椅子工房「柘倉《つくら》」及び「TSUKURA」の職人で、工房長の弟子。霊感体質。
ヴィクトール・類・エルウッド《ゔぃくとーる・るい・えるうっど》
椅子工房「柘倉《つくら》」及び「TSUKURA」のオーナー兼職人。霊を感じ取れるようになりつつある?

イラストレーション◆冬臣

お聞かせしましょう、
カクトワールの令嬢たち

1

高田杏《たかだあん》は、死ぬほど驚いていた。

今日は夏休み明けの最初のバイト日だ。杏の仕事内容に大きな変更はないけれども、気持ちの上ではまったく違う。

なにしろバイト先の変人オーナーに恋をした。

彼に惹《ひ》かれていることはもうずいぶん前から薄々気づいていたのだが、ずっと見て見ぬ振りをして恋心をごまかし続けてきた。その間に色々あって、ようやく自分の感情と向き合う覚悟を決めた。

そういうわけで杏は、新学期も始まったことだし、気合いを入れ直してバイト先の椅子店「TSUKURA」にやってきたのだが——「お疲れ様でーす」と挨拶《あいさつ》をして、チリンとベルを鳴らしながらドアを開いた瞬間、恋する相手であるオーナーに駆け寄られ、無言で抱きしめられた。

（……。えっ⁉ いきなりなに、この状況。意味わかんない）

杏は白昼夢でも見ているのかと、しばらくの間、瞬《まばた》きも忘れてその場に立ち尽くした。

だが夢にしては、感触的にも体温的にも生々しい。

(暑いんですけども)

八月の下旬にさしかかったとはいえ、夕暮れ前の時間帯なら太陽だってまだしぶとく空にしがみついており、ぎらぎらした光を地上に振り撒《ま》いている。たとえ好きな人からの抱擁《ほうよう》であっても、暑いものは暑い。

その上、店に来る途中で汗をかいている。くっつかれると困る。とくに今日なんか体育の授業もあった。汗臭《あせくさ》いんじゃないかとなおさら心配になる——と、そんな言い訳でもしないと、心臓が壊れる。既に破裂しそうな勢いで鼓動《こどう》が激しくなっている。

ひとまず杏は、現実逃避をやめて細く息を吐き、自分に抱き付いている男の背を恐る恐る叩いた。

「……あの、ヴィクトールさん? なにかつらいことでもありましたか? 木板に意図しないひび割れができて死にたくなったとか、パーツの表面にカンナをかけすぎて絶望したとか、接客して人類嫌いが高まりすぎたとか」

思いつく限りの可能性を杏は口にした。すべて過去に起きた例だ。

杏に抱き付いていた男がゆっくりと顔を上げた。

憂《うれ》いを湛《たた》えた胡桃色《くるみいろ》の瞳を間近で見つめて、杏は息を呑んだ。幽霊が結んだ奇妙な出会いから早数ヵ月、だいぶん見慣れたつもりでいたが、ふとした拍子に彼の顔立ちに目を奪われる。

外見に関しては完璧《かんぺき》なこの男が、杏の恋する相手のヴィクトール・類《るい》・エルウッドである。

淡い金髪といい、顔の造作といい、容姿はどう見ても外国人だが、彼が話せるのは日本語だけだ。年は二十代半《なか》ばで、黙っていればクラシックな高級家具が似合う貴公子然とした雰囲気《ふんいき》なのに、性格に難がありすぎて見た目詐欺《さぎ》としか言いようがない。

なにしろ信条が「椅子こそ我が人生」というもので、とにかく人類が嫌い。一日のうち一時間以上他人と会話をしたら死にたくなるし、絶えず工房に引きこもりたがるし、基本は鬱々《うつうつ》としている。

我ながら、なぜこんなにおかしな個性の年上男性に恋してしまったのか、と真面目《まじめ》に考え込みそうになるけれども、なんだかんだで美点もたくさんある人だ。

今日のヴィクトールは、白いシャツにダークネイビーのパンツという組み合わせだった。シンプルなスタイルだが、似合っている。

彼に見惚《みと》れ、杏は再び現実逃避しかかった。一方のヴィクトールは、いかにも思い悩んでいるという風情《ふぜい》で杏を見つめていたが、ようやく口を開いた。

「……君のせいだ」

と、なんの事情も説明されず、ただ苦しげに責められて、杏は目が点になった。

(あ、なにか奇妙な妄想に囚《とら》われて、だれかに八つ当たりしたくなったってあたりかな)

予想をつけて、杏は一人、納得した。これも、よくあることだ。

「ええと、すみません？」

「心のこもっていない謝罪なんか少しも望んでいないよ」

ヴィクトールは即座に切り捨て、杏を睨《にら》んだ。

八つ当たりする前に、少し離れてほしい。肩に両手を置かれたままなので、距離が近すぎる。もともと距離感が狂っている人だったが、このところ杏に対して本当に遠慮《えんりょ》がなくなっている気がする。

（待って、店内にお客様はいないよね？　こんなやりとりを目撃されていたら、私は死ぬ）

というより、成人男性が未成年者に人目も憚《はばか》らず抱き付くという絵面《えづら》は、かなり危険だ。ヴィクトールの社会的立場が危うくなる。

杏は彼の今後を心配し、店内の様子を確かめようと、わずかに首を傾けた。すると、どこを見ているんだと咎《とが》めるように、両手で顔を摑まれた。もう首を動かすことも、一歩下がることもできない。

杏は、頬を引きつらせた。本当にこの人の距離感の狂い方、改善されないだろうか！

「なぜ逃げようとするんだよ。もっと目の前の俺に興味を持ってくれないか」

またも責める口調で言われた。

「……。すごく持っていますよ」

「だからさ、そういう心のこもっていない言い訳は嫌いなんだ」

信じていないようだが、恋するほどに興味を持っていますよ、と正直に打ち明けたら、彼はどんな顔をするだろう?

試してみたい衝動に駆られるも、しかし、それは実現しなかった。

「君が俺をないがしろにして二番目の男にしたせいだぞ」

「色んな意味で目が覚める一言ですね、もう!」

わけのわからなさが極まったヴィクトールの発言で、杏は正気に返った。

「俺をこれほど苦しめておきながら、呑気《のんき》なものだな」

「お願いですので店内にお客様がいるかいないかだけ、まず教えてくれません!?」

八つ当たりはかまわないが、このまま好き勝手に爆弾を投下され続けるのは本当にまずい。

「いないよ。君が来るだろう時間まで、鍵《かぎ》をかけていた」

ヴィクトールは当然のように言った。

……そうか、そんなに接客したくなかったのか。

店の売り上げ目標的には喜べない話だが、今はその、人類憎《にく》しのスタンスに感謝したい。

「なにが起きたのか、一から説明してください!」

杏が強めに訴《うった》えると、彼は無言で後ろを向き、店の奥にあるスキップフロア下のカウンターを指差した。「TSUKURA」はメゾネットタイプの建物のような吹き抜けの構造で、一階フロア、中二階ともに、アンティークチェアがずらっと展示されている。スキップフロアの段の端には小型のスツールもある。

レトロな内装と相まって、小さな椅子の美術館という雰囲気だ。

木目の鮮やかな古木で作られたカウンターには、来客用の背の高いチェアが数脚並んでいる。会計兼休憩スペースでもある場所だが、今はその上にダンボールが一箱載せられていた。それは既に開封済みで、気泡緩衝材《きほうかんしょうざい》が無造作に突っ込まれているのが、少し暗めの橙色《だいだいいろ》の明かりの下でも見て取れた。

緩衝材に包まれていたらしき肝心の中身というと、ダンボールの横に移されている。

「……えっ」

杏は、それを二度見、三度見した。

目の錯覚《さっかく》かと思って瞬きを繰り返したが、視界に映《うつ》る光景が修正されることはなかった。

見覚えのあるカッティングボードが二枚、そこに置かれていた。より正確に表現するなら、「たとえ見覚えがあろうとも、この場に存在してはいけないカッティングボード」だ。

(あれって少し前に、ヴィクトールさんと一緒に作ったやつじゃない⁉ ……なんで店に届いているの⁉)

白糠町《しらぬかちょう》にある堂本《どうもと》の工房で、杏たちはカッティングボードの製作体験に参加し、完成品を「TSUKURA」に郵送してくれるよう頼んだ。それは確かだ。が、問題はそこではない。

――幽霊が開いた工房で作ったものが、なぜ自分たちの手元に届くのか。

杏は夏休み中にヴィクトールと、「望月晶《もちづきあきら》の死体探し」という世にも奇妙な旅行をした。事の始まりは店に持ち込まれた二つのチェアで、それに望月晶という青年の幽霊が取り憑《つ》いていた。晶には、双子の兄弟の峰雄《みねお》がいる。彼ら兄弟の秘密の恋に絡んだ幽霊騒動に杏たちは巻き込まれ、白糠町へ向かうことになった。無事と言っていいのか迷うが、とにかく晶の死体は見つかった。

発見後の、死体をどうするかという現実的な問題に関しては、もはや杏の出る幕はない。望月峰雄が責任をもって対応する。――と、ここで話が終わっていればよかったのだが、嬉しくないことに、この幽霊騒動には続きがあった。

杏たちが峰雄の到着を待つために、ホテル「三日月館《みかづきかん》」に宿泊したのは、ちょうど御盆《おぼん》の時期でもあった。そのホテル内でも嫌というほどポルターガイストが発生した。

おかげで杏は、黒歴史間違いなしの「ピンクソルト毒薬事件」などを起こしてしまったわけだが、一方で、初の木工品製作という楽しい体験もできた。

ところが蓋《ふた》を開けてみれば、三日月館からほど近い場所にある家具工房の主、堂本亮太《りょうた》という男性もまた、死者だった。つまり杏たちは死者と仲良く談笑しながらカッティングボードの製作体験をして、その完成品の配達手配を彼に頼んだことになる。

ちなみに、先ほどヴィクトールが口にした二番目の男云々《うんぬん》とは、杏がよその工房で木材を使った製作体験をすませたことをさしている。初めては自分の工房に捧《ささ》げてほしかったようだ。

（あのカッティングボード製作は幻の体験だったんじゃないかと思っていたのに、嘘でしょ！）

杏は心の中で呻《うめ》いた。自分の霊感体質が憎い。

ヴィクトール以外の店の職人たちもやはり霊感持ちである。そんな体質の人間が寄り集まったために、二乗三乗どころではない不吉な効果を生んでいる気がしてならない。「TSUKURA」はもう幽霊の巣窟《そうくつ》と化しているのではないだろうか、と疑いたくなるほどだ。

杏がこの店に雇用されたそもそもの理由は、ポルターガイスト対策のはずなのに、むしろ被害が増加しているように思える。

やるせない現実に罪悪感を抱きつつも、身体は正直だった。杏は少しでもカッティングボードを置いたカウンターから離れようと、一歩後退した。しかし、ヴィクトールに肩を掴まれたままだったため、すぐにまた彼のほうへ身を引き寄せられる。

「おい、今逃げようとしたな……？　君もアレをしっかり確認しろよ、俺一人に恐怖を与えようとするな」

ヴィクトールは光のない目で力強く要求すると、杏と立ち位置を変えた。驚く杏の後ろに回り、両手で背中をぐいぐいと押す。カウンター側へとだ。

抵抗虚《むな》しく、カウンターの前まで杏は押しやられた。

逃げられないことを悟り、杏はカウンターの上のアレを嫌々、確認した。

「……本物ですね。私たちが堂本さんの霊と一緒に作ったモノで間違いないです」

「杏が他の工房に目移りしたせいで、こんなことになったんだぞ」

背中に張り付いている怖がりなヴィクトールが、恨み言《うらごと》を聞かせた。

「もう他に目を向けません。私にはヴィクトールさんだけですよ」

と、誓《ちか》ったあとで、杏は我に返る。

「いやっ、ヴィクトールさん以外から木製品の作り方を教わったりしないって意味です！」

「当然だろ」

体勢的に背後から囁かれるような感じになり、杏は無意識に全身を緊張させた。

（これってわざとじゃないよね⁉　ヴィクトールさんってば小悪魔か！）

学校帰りに制服のままこちらへ直行した。ただでさえ汗が気になっていたのに、こうも密着されると、ますます熱が上がりそうだ。

「供養《くよう》！　近所のお寺に連絡して、カッティングボードの供養が可能か相談してみますね！」

杏は勢いよく振り向いて、目を丸くするヴィクトールから無理やり距離を取った。

近所にある寺の住職や神社の神主には、もう顔を覚えられている。杏が寺を訪れると、「やあ、いらっしゃい。今日はお祓《はら》いにする？　それともお守りにする？」と、親しい友人でもやってきたかのように気安く接してくれる。そのくらい足繁《あししげ》く通っている。

カッティングボードをダンボールに入れ直し、杏はそれをひとまずカウンターの下に置いた。

（私の初めての木工製作物は、供養される運命か……）

少し切なくなったが、幽霊と一緒に作ったものを家には置きたくない。霊障の発生率が倍増しそうだ。

ヴィクトールだってきっと、手元には残したくないだろう。

ひとまず対策を決めたからか、ヴィクトールはほっとした様子でカウンターチェアに座った。

「お店の制服に着替えてきますね」

彼に一声かけて、杏は急いでバックルームへ向かう。

ロッカーにリュックを突っ込み、ハンガーに吊《つ》るしている店の制服を取り出す。夏季仕様の黒いワンピースにローヒール。クラシカルな雰囲気の制服は、杏を少しだけ大人っぽくさせてくれる。髪も手早くアップにして、より大人っぽく見えるよう背伸びをする。

後れ毛を整えながら、杏は一人笑う。たった数ヵ月で、人生ががらりと変わった気分だ。恋する前の自分と、恋したあとの自分は、別人のように思える。

ヴィクトールと出会う前も、いずれはバイトをする予定でいた。できればケーキ屋か雑貨屋がいいな、でも実際には近所のレストラン、コンビニあたりに決まるだろう。そう思っていた。それがどうしてこうなったのか、高額のアンティークチェアを販売する店で働いている。

しかも誰かさんの影響で、杏は椅子の魅力にも取り憑かれつつある。本当に人生って、ハプニングの連続だ。

アンティークチェアは、その価格もだが、百年以上も前に作られているというところがまずすごい。人から人へと受け継がれてきた椅子たち。エリザベス女王にメアリ女王、アン女王。そんな華やかな人々が生きていた時代を反映させている椅子だ。重厚感がある。装飾のデザインひとつにも、歴史が隠されている。この店にいると、ちっぽけな自分までが価値ある高貴な存在に生まれ変わった気分を味わえる。

たぶん店を訪れる客も杏と似たような感覚を抱《いだ》いているのではないだろうか？　フロアに展示されるのは大半が高額商品だけれども、必ずしもセレブな人ばかりが来店するわけではない。ローンを組んで購入する若い女性客も多い。

アンティークチェアは、年代も立場も異なる様々な人間を虜《とりこ》にするのだ。

「よし」

靴の踵《かかと》をトンと鳴らして、杏は気持ちを切り替え、バックルームを出た。

フロアに戻ると、カウンターチェアに座るヴィクトールの横に、誰かが立っている。お客様が来店したのか――と思いきや、「ツクラ」お抱《かか》え職人の、室井武史《むろいたけし》だった。

この店は、フロアを二つにわけている。アンティークチェアを取り扱うほうは「TSUKURA」、職人が手がけるオリジナルチェアを販売するほうは「柘倉《つくら》」。どちらも読み方は「ツクラ」で、表記のみ異なる。

「やあ、杏ちゃん。今日も暑いね」

室井がにこやかに挨拶した。

「ツクラ」には、ヴィクトールの他に三名の職人が働いている。その三名全員がどうしたことか……人相が悪い。皆、優しくて穏やかな性格なのに、人相の悪さで損をしている。

「夜はぐっと涼しくなるけど、昼は一気に温度が上がるんですよね。おかげで、頭痛がする」

そうこぼす室井は四十代の既婚男性だ。たとえるならインテリヤクザのような容貌《ようぼう》をしている。細身で、不健康な顔立ちをしているし、オールバックの髪型がなおさら彼を冷酷《れいこく》に見せている。彼の気分を害した瞬間、懐から拳銃《けんじゅう》かナイフでも出されそうな感じがするが、この間、カウンターテーブルに現れた天道虫《てんとうむし》をそっと外へ逃がしてあげていた。そして製作する椅子はロマンチックの一言に尽きる。花や羽根といったモチーフをとくに好んでいるようだ。

「こんにちは、室井さん。まだ暑い日が続きますね。――アイスティーと麦茶、ウーロン茶、オレンジジュースがありますけど、どれにしましょうか?」

杏はカウンターの内側に回り、笑顔で尋ねた。カウンターには、ちょっとした飲み物を用意できる流し台が作られている。

「オレンジジュースがいいな」

室井は恥ずかしそうに言って、ヴィクトールの隣に腰掛けた。

ヴィクトールもカウンターに腕を乗せてくつろぎながら、軽く手を上げる。二人ともオレンジジュースか。

「そういえば、今日はお二人とも作業着姿じゃありませんね」

グラスに氷を入れ、オレンジジュースを注ぎながら杏は彼らに視線を走らせた。

彼らは揃《そろ》って苦笑した。

「今日はなんだか奇妙な日なんですよ」

と、室井が意味深な発言をする。

「え……、まさか工房でポルターガイストが連発したとかですか？」

動きを止めて青ざめる杏に、室井は慌ただしく「いえ、違いますよ」と手を振った。

「それじゃあ……？」

首を傾《かし》げる杏の手からグラスを奪ったヴィクトールが、それに口をつけたあと、説明する。

「室井武史は朝から何度も木材を足に落とすし、小椋健司《おぐらけんじ》はナイフで指を切るし、俺はのこぎりの刃を折ってしまった。島野雪路《しまのゆきじ》はもともと風邪で休みだろ。こういう、なにもかもうまくいかない日がたまにあるんだよ。験《げん》を担《かつ》ぐわけじゃないが、そんな時は早めに切り上げることにしてる」

「皆さん、大丈夫なんですか⁉」

杏は驚いた。

小椋健司は工房長で、島野雪路は見習い職人。杏の同級生でもある。

「俺は足の甲に青あざを作っただけだし、小椋さんは数日で治るような切り傷です。大事にはなってませんよ。一番つらいのは、風邪の雪路君じゃないかな」

微笑《ほほえ》む室井にグラスを差し出して、杏は眉《まゆ》を下げる。

「気を付けてくださいね。刃物、危ないですから」

年下の杏に真面目な調子で注意されるのがおかしかったのか、二人とも笑っている。

「ねえ杏ちゃん、今週の日曜日、空《あ》いてませんか?」

ふいに室井が、まるでデートの誘いのような質問をした。

ヴィクトールもそう感じたのか、グラスの氷を齧《かじ》りながら彼に視線を向ける。

「室井武史には妻がいるだろ。それなのに、他の女性に気安く声をかけるのか?」

「やめてくださいよ、ヴィクトールさん。俺はちゃんと奥さんを愛しています」

笑う室井を見て、杏は身悶《みもだ》えしかけた。

(すごいなあ! 愛しているって! いいなあ!)

さすがロマンチックの第一人者、室井だ。端で聞いている杏のほうが恥ずかしくなってくる。

だが、人類嫌いの変人ヴィクトールにはなんの効果もなかったらしい。淀《よど》んだ目で杏たちを見やる。

「軽率に遊び回る人間の大半は、本命に愛していると囁きながら、浮気相手との不埒《ふらち》な思い出に浸《ひた》っているんだ。口先だけならなんとでも言える」

「ヴィクトールさん、ストップ」

杏は抑揚《よくよう》のない声でとめた。本当に、この人は！

室井はヴィクトールの人類嫌いに慣れていることもあって、慌てず穏やかに答えた。

「もちろん杏ちゃんは魅力的な女の子ですけど、俺は奥さんに夢中なので、浮気なんて考えたこともないですよ」

これだ。室井の一貫したこの紳士っぷりをヴィクトールにはぜひ見習ってほしい。杏を褒《ほ》めつつも奥さん一筋であることは譲らない。

「じゃあなぜ杏を誘うんだ」

ヴィクトールがまた氷を齧りながら、不満げに言う。

「よかったら、一風変わった椅子の展覧会に行きませんか？」

室井がグラスを両手で包んで杏に微笑んだ。

「椅子の展覧会？　……美術館主催とかのですか？」

杏は、ヴィクトールのグラスに新しい氷をそっと落として、尋ねた。それにしても彼はなぜ肝心のジュースを飲まずに氷ばかり食べているのだろう？

「そこまで大きな催し物ではなくてね。昨年、こちらに引っ越してきた俺の古い知人が、自作品の宣伝も兼ねて『おしゃべりな椅子たち』というタイトルの展覧会を開催するんですよ。自分の工房を利用した、いわば個展のようなものです」

楽しげに説明する室井を見て、杏も気持ちが浮き立った。

「へえ……！　室井さんのお知り合いってことは、木工家さんでしょうか」

「そうですよ。椅子のみにとどまらず、テーブルに箪笥《たんす》、ベンチ、果ては楽器類まで、多彩に手がけている腕のいい職人です。でも今回は、椅子がメインの展覧会だそうですよ」

「それ、俺も行く」

椅子と聞いて、ヴィクトールが興味を示した。

「ええ、もちろん」と、ヴィクトールに答えてから、室井は杏に視線を戻した。

「前に、杏ちゃんも椅子が好きになったと言っていたでしょう。それでどうかなと思ったんですよ」

「そうなんです、ここのお店で働くようになって、私も椅子が好きになりました。室井さんのコスモスチェア、私、いずれ買うつもりです！」

「やあ、それは嬉しいですね」

ほのぼのと会話を楽しむ杏たちに、ヴィクトールが光の戻らない濁《にご》った目を向け、爆弾を投げてきた。

「確かに他の職人が手がけた椅子も後学のために見ておくべきだよね。色々と見比べていけば、うちの椅子の素晴らしさがよくわかるよ。ただ、杏は、なんでもかんでもかわいいと褒めるよな。不可解だよ。女子ってなぜすぐに『かわいい』と叫ぶんだ？　そんな一言ですべてを表現しようとするなんて、怠慢《たいまん》という以外にないだろ」

「ヴィクトールさん」

「家具でいうと、北欧系だ。『かわいい』もそうだが、女子はどうしてそんなに『北欧系』が好きなんだ？　うちの店でも、北欧系の家具はどれかと聞いてくる女性客がいる。好きなんだろ、杏も」

……好きだが、ここでうなずくのは抵抗がある。

「でもな、北欧と銘打《めいう》っておけば女性がつれると一部の業者に侮《あなど》られているんだよ。冷静に見たらありふれた平凡なデザインなのに、北欧風と紹介されている家具がどれくらいあると思う？　なにがそれほど杏たち女子を北欧系に駆り立てるんだ？」

無言で眉間《みけん》に皺《しわ》を寄せた杏を見て、室井が慌てた。

「北欧雑貨はかわいらしいですからね。女性が好む気持ちもわかります。ほら、たとえばムーミンのデザインも北欧雑貨でよく見られるでしょう？」

「ああ、ムーミンね。俺も好きだよ」

ヴィクトールは澄ました顔で言った。

「えっ、ヴィクトールさんも！」

杏は意表を突かれた。ヴィクトールとムーミンが、頭の中で結び付かない。

「キャラクターの中では、スナフキンが一番好きだな。あいつ、人類っぽい外見だけれど、種族的に人類とは違うだろ」

「あ、そういう……」

人類嫌いがこんなところにまで現れている。

「俺はやっぱりムーミンが一番好きですね」

室井が楽しげに言う。

その後、椅子とは無関係なムーミン談義が始まった。

好きというだけあって、二人とも杏よりムーミンの設定をよく知っていた。ムーミンはカバではなく妖精だとか、ニョロニョロは種から生まれるとか、ムーミンママのハンドバッグにはキャラメルやら靴下やら色々入っているとか——杏までもムーミン一家に詳《くわ》しくなった頃には、なぜかヴィクトールとともに日曜日の午後、『おしゃべりな椅子たち』を見に行くことに決まっていた。

バイトの帰り道、「……あれ、なんかこれって、デートっぽくない？」と、杏は気づいた。てっきり三人で展覧会に行くと思っていたのに、室井は店を去る前にそっと杏に近づいてきて、「二人で行きなさい。俺は午前のうちに、奥さんと一緒に行きます」と、優しい口調で耳打ちしたのだ。

ひょっとすると、ヴィクトールへの恋心が室井にバレているのではないだろうか？

その前提で店での様子を思い返してみると、室井からやけにあたたかい目を向けられていた気がする。

杏は恥ずかしさのあまり、道の途中で立ち止まって、両手で頬を押さえた。すれ違った通行人がこちらを見ていぶかしげな顔をしたので、ぱっと表情を取り繕《つくろ》い、再び歩き出す。

(うちの店は職場恋愛禁止！　って宣言したのはヴィクトールさんだっけ。でも室井さんは影ながら応援してくれてるのかな)

ヴィクトールは、自分の工房の商品が一番だと杏に認識させる目的で展覧会に同行するようだが、それはさておき――。

(……明日の放課後、新しい服を見に行こうかなあ)

ふわふわのスカートにすべきか、シックなスカートにすべきか、それが問題だ。

2

日曜日。曇《くも》り空の午後。

杏《あん》は、ヴィクトールの車に同乗していた。

いったん「TSUKURA」に寄り、そこからヴィクトールとともに室井《むろい》に教えられた場所へ向かった……のだけれども、杏は重大なことを忘れていた。

（ヴィクトールさんはかなりの方向音痴《おんち》なのに、その残念な現実を認めたがらないという往生際の悪い人だった……）

そういえば室井も場所の説明をした時、「店から車で十五分程度の距離なんですが、少しわかりにくいところにあるんですよね」と、ヴィクトールを見て心配そうにしていた。

彼の不安が今、見事に的中している。

「……ヴィクトールさん、もしかして道に迷っていません？」

前方を睨《にら》み据《す》えたまま余裕のない雰囲気《ふんいき》でハンドルを握るヴィクトールに、杏は恐る恐る切り出した。

「こっちって、春日部《かすかべ》通りのほうですよね？　前にほら、ダンテスカの件で松本《まつもと》さん宅を探しに来ましたよね」

以前店で取引したダンテスカという名称の椅子を、杏は思い出す。松本は、その椅子の元持ち主だ。ダンテスカの時も秘密の恋に絡んだ幽霊騒動が発生し、杏たちは翻弄《ほんろう》された。

「もちろん春日部通りだとわかっているよ。ただ、近辺を確かめようと思って回り道をしているだけだ」

ヴィクトールは不機嫌な横顔を晒《さら》して、とってつけたような口調で答えた。杏は迷った末、事実を告げた。

「この道を通ったのは、二度目のような気がします」

「うるさいな。運転中だよ、気が散るだろ」

これはだめだ。ヴィクトールが意固地になっている。杏は無言でバッグからスマホを取り出し、地図アプリを開こうとした。カーナビはもはや無用の長物《ちょうぶつ》と化している。

すると、ちょうど赤信号で車をストップさせたヴィクトールが、こちらに腕を伸ばして杏の手をスマホごと上から包み、真剣な表情を見せた。

「杏、俺を信じろ」

言っていることは、ものすごく恰好《かっこう》いいのに！

（単純に、道に迷っているのを認めたくないだけなんだよね、ヴィクトールさん）

これほど残念な人に、不覚にもときめく自分がちょろすぎる。

だが、いつまでもヴィクトールを甘やかしていては、目的地に到着する前に日が暮れる。夕方前には店に戻る予定なのだ。

「君はなにもせず、大船に乗ったつもりで座っていればいいんだよ」

「……はい」

と、うなずく以外に、杏になにができるだろう。どう考えてもこの大船は、遭難船《そうなんせん》だ。

(うちのお父さんも道に迷った時、無駄に言い訳をしてごまかそうとする)

男性は皆、「迷子を認めた瞬間に息絶える」という遺伝子でも持っているのだろうか。

困り果てて杏が窓の外を眺めると、ふと見覚えのある男性の姿が目に入った。以前にもこのあたりで道を尋ねたことがある眼鏡《めがね》をかけた男性だ。歩道をのんびりと進む彼の隣には、これまた見覚えのある婦人がいた。

いましがた杏が話題にあげたダンテスカを褒《ほ》めてくれた、萌葱色《もえぎいろ》のショールの婦人だ。彼女は、結婚して四十年以上も夫に恋をし続けているという。

(あーっ！　なるほど、眉毛《まゆげ》の形が整っていて、眼鏡の似合う背広の紳士！　確かにきりっとしていて素敵な男性だった！)

点と点が繋《つな》がったことに、杏は心の中で叫び、思わず窓に張り付いた。仲睦《むつ》まじげな夫婦の姿に、一気にテンションが上がる。

こんなに心躍《おど》る偶然ってあるだろうか？　杏が道を尋ねた紳士が、あの婦人の恋する夫だったなんて！

信号が変わり、ヴィクトールが車を発進させる。杏は、名残《なごり》惜しく思いながら後方に遠ざかる夫婦の姿をいつまでも眺めた。

「杏、なにをしてる？」

ヴィクトールがちらっとこちらに視線を投げ、不審げに尋ねてきた。

「すごく恰好いい人がいたんです！」

杏は視線をまだ車窓に向けたまま、はしゃぎながら答えた。

「ふうん」

気のない返事に、杏はやっと窓の外から視線を引き剝《は》がし、力説した。

「奥様が数十年、恋し続けられるくらい素敵な紳士なんですよ！」

「へえ？」

「しかもその男性は、私が前に道を聞いた人なんです。覚えていますか？　こうしてヴィクトールさんと一緒にいた時のことなんですけれども」

杏は喜びを抑え切れず、大事な秘密を打ち明けるような気持ちで言った。

「奥様も何度かお店に来てくれたことがあるんですよ。ずっと旦那様に恋をしているんだって、その時に聞いたんです」

偶然が招いた嬉しさを共有してくれるかと杏は期待したのだが、予想外の反応が返ってきた。ヴィクトールはぎょっとしたようにブレーキを踏んだ。

「わっ、危ないですよ、ヴィクトールさん！」

前のめりになった杏は、焦《あせ》った。他に走行車がなかったからいいようなものの、もしも車通りの多い道だったら事故になっていたかもしれない。

「いきなりどうしたんですか？」

「……悪かった。いや、杏。君は今、塩を持っているか」

彼は路肩に車を寄せて一時停止させると、ハンドルに両腕を乗せ、深刻な口調で言った。

「……え、なぜこの話の流れで塩？」

杏は引き気味に聞き返した。

だがヴィクトールは理由を説明せず、決意を秘めた顔をこちらに向けた。深刻な雰囲気に、杏は気圧《けお》された。

「降参する。俺は確かに道に迷っている……という可能性も皆無じゃない気がする。地図アプリでもなんでも見ていいよ。早くこの道から脱出したい」

脱出とは大げさな、とは思ったが、せっかくヴィクトールが迷子の事実を認めて素直になったのだ。わざわざ水をさす必要はない。

そもそもヴィクトールという人は、いつだって突飛な行動を取る。

今回も彼の胸中では色々あったのだろう、なんなら数回ビッグバンでも起きたのだろう、と杏は納得し、深く問い詰めるのをやめて、いそいそと携帯電話を操作した。

「なあ杏。今後、俺が隣にいない時に、その素敵な紳士とやらを見かけても、決して声をかけたりするなよ」

文明の利器の恩恵に屈服したヴィクトールが横から杏の携帯電話を覗き込んで、独占欲を匂《にお》わせるような発言をした。

「そんな偶然、何回も起きないと思いますけど……」

杏はくすぐったく感じたが、でも次に見かけた時は挨拶《あいさつ》くらいしたいな、と迷った。その考えを見透かすように、ヴィクトールが語気を強めて訴《うった》える。

「俺の許可なく、春日部通りを一人で歩かないように」

「ヴィクトールさんは意外と亭主関白系男子ですか？」

「ああもう、それでいい。いいから。約束しろよ」


地図アプリは優秀だった。その後、杏たちはすんなりと目的地に到着した。近くで発見したパーキングに車を入れ、そこから一分ほど歩いて室井の知人の工房へ向かう。

「個展みたいな感じと聞きましたが、大きな工房ですね」

目の前の洋館を見上げて、杏は驚いた。

一階建てで、壁の色は白。黒い屋根を載せている。建物の造りや規模からして住居用ではないとわかる。一階部分の、奥側の壁が半円状になっており、縦に長い特徴的な黒縁《くろぶち》の窓がそこに嵌《は》め込まれている。

入り口の庇《ひさし》の上には、『イロドリクラフト』と記された長方形の木製看板が掲《かか》げられていた。ロゴマークはシンプルな黒い鳥だ。

シックな色合いで統一された外観といい、看板のデザインといい、全体的にモダンな印象を受ける。建物自体が年代物らしく、それがいい具合にアンティークの雰囲気も漂《ただよ》わせている。

入り口の、黒い格子《こうし》の付いた木製扉は両開き式で、今は大きく開放されている。扉の横には、小洒落《こじゃれ》たカフェのようにスタンド看板が置かれていた。『おしゃべりな椅子たち』という展覧会のタイトルと、その内容についての簡単な説明、椅子のイラストが印刷されたポスターが貼られている。

ヴィクトールとともに開放中の扉の前に立った杏は、率直に「かわいい、おしゃれ」と心惹《ひ》かれた。

今日の杏は、大人の女性に見えるようモノトーンの服装を選んだ。白のトップスに、ミディアム丈《たけ》の黒い花柄《はながら》チュールスカートだ。モダンな造りの工房のイメージとも合っているように思える。

杏は、さっとヴィクトールの服装もチェックした。黒のベストに白シャツと、杏とお揃《そろ》いにしたような感じだが、彼の場合は目立ちたくないという切実な思いでモノトーンコーデを貫《つらぬ》いているにすぎない。しかし、もともとの顔立ちが華《はな》やかだ。無意味な努力だなあ、と杏は思っている。

「商店街側に近いこっちの通りにも、おもしろい雰囲気の家具工房があるんですね。知りませんでした」

杏は当たり障《さわ》りなく感想を口にした。先日の会話が脳裏をよぎったからだ。ここで「かわいい」と称賛したら、そら見たことかと思われる気がした。だがヴィクトールは、じろっと杏を見ると、両手を腰に当てて俯《うつむ》き、深く溜め息をついた。

「また君の浮気癖《ぐせ》が始まった……。どうせ『おしゃれでかわいい』とか思ったんだろ」

ヴィクトールが呪《のろ》わしげに呻《うめ》く。

(どうしてわかったの)

杏は感情を顔に出したつもりはなかったので、言い当てられて焦った。

「うちのお店の参考になるかなあと思っていただけです！　女子受けしそうな感じがあるけれども、私個人は別にそんな、すごく惹かれたわけじゃないですし」

「嘘ほど苦いものはないよね」

ヴィクトールが即座に切り返してくる。

「少しだけ、いいなと感じたのは確かですが！　私には『ツクラ』が一番です！」

「君の心はふらふらと軽々しく放浪しすぎなんだよな。信用できない」

「放浪って」

「君も所詮《しょせん》は人類の一人だったか……」

所詮もなにも、人類以外になった覚えはない。

妙な絶望感に苛《さいな》まれてあっという間に死にたくなったらしいヴィクトールの背を「はいはい」と押し、杏は工房の中へ入った。

「内装も凝《こ》っていますね」

店内は壁も床もヴィンテージ感のあるホワイトで統一されている。そして、『TSUKURA』のように様々な形の椅子が展示されていた。さらには壁際にもずらりと吊《つ》り下げられており、杏はこの眺めに圧倒された。

椅子の種類は必ずしもアンティーク調のものとは限らない。モダンアート系やポップな作りのものまで様々だ。たとえば脚が船の錨型《いかりがた》をしている揺り椅子、輪切りのレモン型の椅子、矢印型の椅子、鳥の翼型の椅子、背もたれがアンティークキャンドル立ての形になっている椅子、針金《はりがね》アートのような背もたれの椅子、ガラスの靴《くつ》をモチーフにした透明な椅子、幾何学模《きかがく》様を連想させる椅子、足長おじさんのようなロングレッグの椅子。挙げ句の果てには、アルフアベット型の椅子もあった。

「確かに、なんか賑《にぎ》やかで色々あって、おしゃべりな椅子たちって感じですね……！」

個性豊かな椅子たちを見て、杏は楽しくなってきた。

来客は杏たちの他にも十名以上あり、皆おもしろそうに椅子を眺めている。

「壁にもかけられていて、ドライフラワーならぬドライチェアみたいです」

杏が冗談を言うと、光のない目でじーっとこちらの様子を見ていたヴィクトールが、ぼそっと「浮気者」と非難した。話の内容が聞こえていたのか、近くにいた鑑賞者が怪しげにこちらを振り向いたので、杏は小声で「違います！」と否定した。

「あ、このタイプの椅子は、うちの店にもありますよね」

まだなにか言いたげなヴィクトールに愛想笑いをして尋ねると、彼は悔《くや》しそうにしたが話に乗ってくれた。

「……これは典型的なウィンザーチェアだね」

杏は視線で説明を求めた。椅子の種類は豊富にある。俄《にわか》知識しか持たない杏では、すぐに名称と形が結び付かない。

「十八世紀に突入するあたりからイギリスで作られ始めた椅子だ。現在でも市場に流通している、いわば定番の形だよ。初期デザインの特徴《とくちょう》はコムバック……背もたれ部分が櫛《くし》の歯のようになっていることかな。ほら、背棒が何本か縦に並んでいるだろ」

ヴィクトールは壁際に吊り下げられている椅子の背もたれを指差した。

何脚か吊るされている椅子はどれも似た造りで、なおかつ濃い飴色《あめいろ》をしていた。

「コムバックにボウバック……弓型の背もたれもあるよ。ここに展示されているのは初期のコムバックのほうかな。でも脚の形がカブリオレか……、ならもう少しあとの時代を意識しているのか」

「カブリオレですか！」

覚えのある言葉に杏が元気よく声を上げると、ヴィクトールは目を丸くした。

「猫脚！　ロココ時代を象徴する脚の形ですね！」

杏は自信たっぷりに言った。

忘れもしないカブリオレ。ヴィクトールと出会った日、彼は幽霊相手に椅子のプレゼンをした。それも、なんの運命の悪戯《いたずら》か、杏と同じ名前を持つクイーン・アン様式のアンティークチェアのプレゼンだった。カブリオレについては、その時に聞いた。

「よく覚えていたね」

ヴィクトールにやわらかい口調で褒められ、杏は気分が高揚《こうよう》した。

「カブリオレって、なんだかおいしそうなイメージのある言葉で、覚えやすかったんです」

杏はとっさにそう返した。素直に出会いの日のことを伝えるのが恥ずかしかった。

「おいしそう？　……ひょっとして君、カフェオレを連想しているの？」

「あっ、それだ！」

なにかに似ていると思っていたら、カフェオレか。

もやもやが解消して、すっきりした。……と喜んでから、杏は我に返った。

(私はどうしていつもいつも、飲食物を連想するの！)

もっとこう、知的でエレガントな喩《たと》え方はできないものだろうか？

杏は、顎《あご》に皺《しわ》ができるほど唇を噛みしめて、後悔した。

こちらに顔を向けたヴィクトールが口元に手を当て、笑う。

「なんだその顔？　いや、だが、確かに似ているね、カフェオレにカブリオレ。どちらもフランス語だしね」

「優しくされるほうがつらい時もあるんですよよ」

「優しくしているんじゃなくて、肯定しているだけだ。君は楽しそうに言葉を覚える。悪くないと思うよ」

感じ入った様子で答えるヴィクトールを見て、杏は肩の力を抜いた。

(ヴィクトールさんの機嫌が直ってる。椅子談義効果は抜群《ばつぐん》だ！)

恥ずかしい思いをした甲斐《かい》がある、と杏は自分の健闘《けんとう》を称《たた》えた。猫に木天蓼《またたび》、ヴィクトールに椅子。調子に乗って、そんな連想もする。

これは本人に言ったら怒られそうだ——と、こみ上げてくる笑みをごまかしたが、少し表に漏れ出てしまったのかもしれない。

穏やかに微笑《ほほえ》んでいたヴィクトールが、突然すっと表情を消して杏を見下ろした。

『あぁ、そうだ。十八世紀というと、ちょうど浮気者な誰かさんの時代に突入するんだよな。その多情な誰かさんの影響がウィンザーチェアの背もたれにも現れるんだ。花瓶型の模様が中心に入れられたりする」

「……誰かさんというと」

ぼそぼそと聞き返す杏に、ヴィクトールが腕を組んでむっつりと言う。

「クイーン・君に決まってるだろ」

「……イギリスの女王、クイーン・アン様式の影響が出るってことですね！」

先ほど頭に思い浮かべたばかりのアンティークチェアの話になり、杏は動揺した。

浮気者扱《あつか》いされていることを、怒るべきだろうか。それとも杏と結び付けてくれていることを喜ぶべきだろうか？

それにしても本物のアン女王は、その一生が波瀾万丈《はらんばんじょう》すぎる。アル中かつ肥満で、柩《ひつぎ》は正方形になったという話だ。……自分も将来は、酒に溺《おぼ》れないよう注意したい。

「ところで、『ウィンザー』って、どういう意味ですか？」

頭の中に浮かぶ正方形の柩を打ち消すため、杏は質問した。

「イギリスの都市名だよ」

「そういえばウィンザー城って言葉をテレビかなにかで聞いたことがあるかも。名前が同じですけど、関係ありますか？」

「うん、それだ。ロンドンのウィンザーという都市にあるのが、その城。……十八世紀のウィンザーチェアはね、背景の事情を紐解《ひもと》いていくと色々おもしろいんだよ。パーツごとに、それ専用の職人がいる」

ヴィクトールは、自分の手のひらに指先で椅子の絵を描いた。

「パーツごと？　たとえば、背もたれの棒はAさん、座面を担当するのはBさん、仕上げの作業はCさん……みたいな感じですか？　複数で役割分担して、ひとつの椅子を作ってる？」

「そうそう。それだ。合っている」

杏のたとえに、ヴィクトールが小さく笑った。

「作業の進め方に規律というか……、効率化を感じますね」

「いい点をつくね」

ヴィクトールが目を輝かせた。

「イギリスでは十八世紀後半に産業革命が起きる。社会の仕組みが大きく変わる直前に生まれたウィンザーチェアは、当時の歴史の動きを鏡のように映《うつ》しているんだよ。分担作業を取り入れ、効率的に大量生産を行う、というシステムの基盤《きばん》がここでもう作られている」

「そうなんですか、すごいですね」

と、杏も感心した態度を取ったが、内心ひやひやだ。

椅子談義は、杏の歴史に関する知識を毎度、試してくる。『産業革命』なんて、普通の女子高生は試験時くらいにしか話題にしない。

（でも、確かにおもしろいな。普段使いしている家具にも、歴史がしっかりと反映されているんだ）

杏の自室にある、一見ありふれた量産型の椅子も、もし百年後まで残せたら、ヴィクトールに似た椅子マニアな人間に「この椅子は二十一世紀前半に普及《ふきゅう》し、一般家庭で愛用されていたんだよ」と、きらきらした目で楽しく談義されるのだろうか？

その光景を想像すると、なんだか心が弾《はず》む。

「ヴィクトールさん、椅子って本当に生きているんですね。大事に使えば、百年以上先でも元気に生きてくれる。物を大事に、っていう言葉には、歴史をつなぐために、という意味もこめられているんでしょうか」

杏が心をこめて言うと、嬉しげにしていたヴィクトールがぽかんとした。それから慌てたように、うなずく。

「うん、まあ、……うん。……君はどうしようもない浮気者だけど、大抵の人間が引く俺の話を素直に聞いてくれるから、多少の嘘や軽率さは大目に見てあげるよ」

「聞き捨てならない表現がありましたが、一応は私を褒めているんですよね……」

杏は目から光を消した。

（この人、椅子談義が他人に引かれている自覚があったのか……）

ヴィクトールは冷静さを取り戻すと、唇の端を曲げて笑った。

「一応もなにも、本気で褒めているんだよ。喜んでいい」

まったく褒められた気がしないが、ヴィクトールに普通の反応を求めるほうが間違っている。杏は早々と諦《あきら》めた。

「椅子作りの効率化の話に戻るが。わかれているのは、作り手だけじゃない。パーツ自体も様々な種類の木を用いているよ」

「パーツも？」

「ブナにタモ、ニレとかね。一種類の木材で統一されていない」

「パインやオークは？」

杏は、自分の知っている木の名前を口にした。パインは、松の木。オークは、楢《なら》の木だ。

「んー、そっちはアメリカンチェアでよく使われる木材だね。どういった種類のものを選ぶかは木材の生産地とか、貿易の問題も密接に関わってくる」

地理や貿易関係にまで話が広がると、頭がパンクしてしまう。杏は急いで別の質問をした。

「でも、そんなにたくさんの種類の木をひとつの椅子に使っていたなら、すごく高価な仕上がりになったんじゃないですか？」

「逆だよ。安く仕上げるために、それぞれの地域で入手できる木材を使った。簡単な話、高級な木材といえばマホガニーだろ。だが、それは使っていない。ウィンザーチェアは庶民向けの椅子だったんだよ」

　ヴィクトールが再び視線を吊り下げられているチェアに戻す。

「見てごらん。どれも濃い色の塗料《とりょう》を使っているだろ」

「はい。それが……？」

「木目は、木の種類によって色や模様の出方が違う。木肌の違いによって生じるちぐはぐさを隠すために、濃い塗料が使われる。もちろん、すべての椅子にそうした加工を施《ほどこ》していたわけじゃないけれども」

　杏は驚いた。重厚感を醸《かも》し出《だ》すための塗《ぬ》りではなかったのか。

「とはいえ、ここに展示されているのはあくまでレプリカだ。本物のアンティークじゃない」

「えっ、そうなんですか？」

　さらに驚く杏を見て、ヴィクトールが「杏の目は節穴……」と言いたげな表情を浮かべる。

「古い家具には、どうしたってごまかせないくすみが現れる。それもひとつの味ではある。ともかくも、これはアンティーク加工の作品だね」

「……もっと近くでしっかり見れば！　私にも新品とアンティークの区別がつきますよ！」

　ムキになって主張すると、ヴィクトールは優しい目をした。

杏がおかしな間違いを犯した時に向けてくる、寛容と慈愛の眼差《まなざ》しだ。見栄を張ったと気づかれている。杏は途端に恥ずかしくなり、ぱっと顔を背《そむ》けた。

「高い位置に飾られているからわかりにくいんです、はい」

「へえ？　本当に？　もっと近くで見たい？」

ヴィクトールが試すように微笑む。

（なにか企《たくら》んでいる感じがする）

杏は警戒しながら視線をヴィクトールに戻し、その表情に目を奪われた。ヴィクトールは時々、杏をからかって楽しんでいる気がする。

「この展示の仕方、バズビーズチェアに見立てているんじゃないかって思っていたんだよね、俺」

「バズビーズ……？　ウィンザーチェアの仲間ですか？」

ヴィクトールは、内緒話でもするかのように、杏のほうに顔を寄せた。杏たちの後ろを通った若い女性客が、ヴィクトールの姿を何度もちらちらと確認する。立っているだけで絵になるような美男子だ。振り向いて見つめたくもなるだろう。

杏は女性たちの態度に共感しながらも、今更、「今日の恰好、私に似合っているかな、背伸びしすぎじゃないかな」と、気になった。

そのため、ヴィクトールの「呪《のろ》いの椅子だよ」という不吉な発言に、反応が遅れた。

「座ると死ぬ、呪いの椅子だ」

「……はい？」

その言葉を咀嚼《そしゃく》し、杏は高い声で聞き返した。慌てて口元を押さえる。

「ウィンザーチェアが製作された時代のイギリス……十八世紀初頭だね。その頃に、バズビーという男が殺人を犯した」

「殺人」

この人はまた、なにを言い出すのか。

「バズビーは問題ありの人物だったようでね。恋人がいたんだが、義父に結婚を反対されていた。結婚後、娘を連れ戻しにきた義父を、彼は絞殺《こうさつ》したんだよ。人類って残酷《ざんこく》だよな。……その後、バズビーは処刑される」

「……全体的に救いのない話ですね」

「ところでバズビーには、愛用していた椅子があった。彼は処刑前に、『俺の椅子に座ったやつは、呪われろ』といった感じの悪態をついたわけだ」

「え……、バズビーさん、強烈すぎませんか？」

杏は引いた。殺人罪の次は、呪い。ひどすぎないだろうか？

「彼の椅子はパブに置かれたそうだけれど、ふざけて座った人たちが本当に次々と死んでいったという話だよ。で、もう誰も座らないように、彼の椅子を吊ることにしたんだって。……似てるんだよね、この椅子の雰囲気」

爽《さわ》やかな晴天の日に、なぜオカルト話で背筋を冷たくしなくてはいけないのだろう。

杏たちの後ろでひそかに話を聞いていたらしき若い女性客も、ぎょっとした顔で壁際に吊り下げられている椅子を見上げている。

「ヴィクトールさん、あっち！　あっちのほうにも椅子が展示されているみたいですよ。行ってみましょう！」

杏は無理やり話を変えて、彼の腕を取った。

「なんだ、もっと近くであの椅子を見たいんじゃなかったのか？　なんなら、座らせてもらえるよう頼んでみる？」

「ヴィクトールさん、そんな不吉な度胸試しをして、もしもなにかのフラグになったらどうするんですか」

杏が感情をこめずにぼそっと脅《おど》すと、ヴィクトールも青ざめ、おとなしくなった。

足を向けた先は、外から見た時に半円状になっていたスペースだ。こちら側にも複数の椅子が置かれている。ゆるく弧を描く壁に合わせて、まるで談話でもするかのように、数脚の優美な造りの椅子が並べられていた。中心に配置されている椅子の上には、ちょこんとトイプードルのぬいぐるみが載せられている……と思いきや、本物の仔犬《こいぬ》だった。わふっと座面からおりて、杏の横を駆けていく。

（かわいい！　開放中の扉から、勝手に入ってきちゃったのかな）

笑いをこらえて、杏は視線を半円状のスペース内に戻す。

優美な椅子の手前には、ピアノやチェストなど、椅子以外の大型家具も置かれている。このスペースに展示されている家具は、椅子も含めてどれも装飾が豪華だ。壁紙も凝《こ》っている。現代の談話室というよりは中世の宮廷の一室を思わせるレイアウトで、スペース自体が他より広く、家具や椅子を配置してもまだ余裕がある。隅《すみ》のほうには、何人か鑑賞者もいた。

「なんていうか、すごく綺麗な装飾の椅子ですね……！　貴族の令嬢が座って、おしゃべりに花を咲かせていそうな雰囲気です」

杏は、胸を高鳴らせた。『TSUKURA』でも取り扱いのないタイプの椅子だ。

どちらかといえば小振りなほうだが、細長の背もたれの彫刻が細やかで美しい。華奢《きゃしゃ》で、なおかつ高貴といった印象を受ける。これはアンティーク好きな女子の心に刺さる。

「ああ、そうか。それで『おしゃべりな椅子たち』っていう題名なのか」

ヴィクトールが納得したように独白し、考え込む表情を見せる。

「色々な種類の椅子があるから、賑やかさを表現する意味で『おしゃべり』という言葉を選んだんじゃないんですか？」

そう疑問をぶつけると、ヴィクトールはエスコートでもするように杏の背に軽く手を添えて、椅子へ歩み寄った。

「そのあたりの意味とも引っかけていると思うけど、一番は、この椅子がメインだからだろうね」

と、答えて杏を、端側に置かれている椅子に座らせる。

許可を得ずに座って大丈夫だろうかと頭の片隅で思ったが、杏はヴィクトールが時々見せるスマートな仕草に弱い。自分が、丁寧にエスコートされるだけの価値があるレディに生まれ変わったような気分になるからだ。

「caquetoire ――カクトワール。おしゃべり椅子だよ。この名前はフランス語の、おしゃべりをする、という言葉を由来としている。話好きな貴婦人のための椅子だね」

杏は、執事よろしく胸に手を当てて目の前に立つヴィクトールを見上げた。

(ヴィクトールさんは、貴族的なイメージの部屋が本当に合うなあ)

杏はつい足を揃え、上品に見えるような体勢を取った。

ヴィクトールが、日差しを浴びた時のように目を細めて杏を見る。

「カクトワールは動きにくいスカートでも座りやすいように、工夫がされているんだ。座面の前側が広くなっているだろ」

「あ、言われてみれば……」

ヴィクトールがかすかに笑う。

「ルネサンス時代の貴族の女性は、ほら、壺《つぼ》みたいな形をした、いかにも歩きにくそうな大きなドレスを着ているじゃないか。映画とかで見たことない？」

「ヴィクトールさん、喩え方」

杏は、小声で突っ込んだ。

言いたいことはわかるが、彼は挙げる例が下手《へた》すぎる。

「コルセットのことですよね？　腰回りのラインを綺麗に見せるっていう」

「それそれ。腰から下に鳥籠《とりかご》をくっつけているようなドレス。ドラム缶にも似ているよね」

「ヴィクトールさん」

再び杏が突っ込むと、彼はくすりと笑った。

「いや、実際にね、フランスでは腰を膨《ふく》らませる装身具をパニエ……鳥籠と呼んでいたんだよ」

フランス人にも突っ込みたい。身も蓋《ふた》もない表現だが、それでいいのか。

「流行《はや》り廃《すた》りの波はあるが、何世紀にも亘《わた》って中流、上流階級の女性たちを夢中にさせてきたものだ。いや、正確には、コルセットを用いて着飾った女性たちに、貴族男性が魅了された。ある意味、男のための装身具と言えるかな」

……魅了云々はともかく、腰のくびれは杏もほしい。女性の悩みは、どの時代も共通しているらしい。

ヴィクトールが、杏の座るカクトワールの背もたれの縁を指先でなぞる。杏は、振り向いてその仕草を眺めたいという衝動に駆られた。

「だからこれは、美しい女性のための椅子だ。君に似合うよ」

杏は唇の内側を噛んで、無表情を保った。

普段は性格にも表現力にも難がありまくりなのに、彼は時々的確に杏の胸を貫いてくれる。

「ただ、この椅子も、あそこの『バズビーズチェア』同様、レプリカだけどね」

「……ヴィクトールさん！」

杏は思わず大声を上げた。

（もう！　やっぱり私をけなしたいの⁉　私ってば弄《もてあそ》ばれてない⁉）

遠回しに、杏の価値もレプリカ同然だと言いたいのだろうか？

いくら着飾っても『本物のレディ』にはなれない、とか……と、杏はずぶずぶと自虐《じぎゃくてき》的な考えに沈《しず》んだ。

ヴィクトールは、驚いたように首を傾《かし》げた。

「なんで急に怒り出す？　カクトワールはとても珍しい椅子なんだよ。市場にはめったに出回らないし、レプリカ自体があまり製作されない。これなんか、肘掛《ひじか》けも背もたれ部分もほっそりしていて優美だろ。レプリカかどうかという以前に、丁寧に作られていて素晴らしい。背もたれの彫刻も崩れていない。百年経《た》てば、これも『アンティーク』と呼ばれるかもね」

杏は、さらに唇の内側を強く噛んだ。

「にしても、腕のいい職人だな。これは相当の技術がないと作れないし、製作からそれなりに年数も経っているんじゃないか？」

けなすのか評価するのか、はっきりしてほしい。椅子に自分を重ねてしまい、落ち着かない。

「もー!!」

「いや、だからなぜ怒るんだよ?」

杏の感情の変化についていけないヴィクトールが、困った顔をする。別の話題を探すように少し視線をうろうろさせたあと、杏の隣に置かれている椅子を見た。

そちらも杏が座っている椅子と同じ形をしている。

「背もたれの模様は、妖精か。ふうん、これは本当によく考えて作られているなあ」

「どうしてですか?」

気を取り直して杏が話に乗ると、彼はほっとしたように微笑んだ。

「妖精を有名にしたのは、シェイクスピアだ」

……突然のシェイクスピア。この話の終点はどこだろうと、杏は恐れた。

「それまでの妖精は、人々にとってもっと恐れるべき存在だった」

「ティンカーベルみたいな感じじゃなくてですか?」

「ピーターパンか」と、ヴィクトールは笑ってから、カクトワールの背もたれを軽く叩く。

「いや、もっと多様だった。動物の姿であったり、火の玉のようであったり。人を害する妖精も多い」

「友好的な妖精ばかりじゃないんですね」

「でもこの背もたれに施《ほどこ》されている模様は、現代人が初めに連想するような、かわいらしい妖精だ。今君が口にした、ティンカーベルもそのひとつだね」

「……へえ」

「カクトワールが作られたのは主に十六世紀半《なか》ば。そしてシェイクスピアの登場がその少しあとで、十六世紀後半。つまりこのデザインは、作り手がきちんとカクトワールの背景、時代の流れを意識しているってことになる」

「シェイクスピアの生まれた時代って、確か……」

杏は嫌な予感がした。おかげで話の内容が頭に入らない。

まさか、あの時代が来るんじゃないだろうか?

「そう。君の愛するルネサンス時代に生まれた劇作家だよ」

ああやっぱり!

ヴィクトールは、杏の予感が現実だと教えた。

「どうして……! ルネサンスはいつまでも私を解放してくれないんですか!」

杏は心から嘆いた。

椅子談義をする時、必ずと言っていいほど登場するルネサンス。

そのたび杏のなけなしの知識が悲鳴を上げる。

「ルネサンス時代について、自分でも何度か調べようとは思ったんです。いえ、実際、調べてみたんです。でも、私の手には負えないほどの情報量だったというか、不思議なことに数分調べただけで抗《あらが》いがたい眠気に襲われて、全然進まないっていうか」

「試験勉強をしている時の気分になったんだろ」

……その通りだ。ダンテスカの件の時にも、ダンテの『神曲』を読んでみようと勇んだが、最初の数十ページで挫折《ざせつ》している。

「ルネサンスは一人で学ぶべきものではないと気づきました。名残惜しいけど、もうついていけない。お別れしなきゃって」

「そんな悲愴感《ひそうかん》を出して言うことか?」

「でもルネサンスったら、しつこいんです。離れてくれないんですよね……」

「君の中でルネサンスの立ち位置はなんなんだ。未練に塗《まみ》れた男なのか?」

引くヴィクトールに、杏は憂《うれ》いたっぷりに言った。

「月が追ってくるように、ルネサンスが私を追ってくるんですよ」

「なんだって? 君まで劇作家になってどうする」

ヴィクトールに正気を疑う目を向けられた時だ。

彼の背後で、誰かが小さく噴き出した。

ヴィクトールが振り向いた。杏も驚いて、椅子から立ち上がり、そちらを見やる。

「あ、すみません。椅子にとても詳《くわ》しい方たちだなと思って、つい聞き入ってしまったんですが……」

と、弁明したのは二十歳《はたち》を少しすぎたあたりの、繊細《せんさい》な印象の青年だ。

どうやらこちらのスペースに来た際、杏たちの話が耳に入り、足をとめたらしい。……それで、最後に放った杏の間抜けな言葉に堪《こら》え切《き》れず、笑ってしまったと。

（……羞恥《しゅうち》で人は死ねるんですよ）

杏は顔を赤らめた。調子に乗らなきゃよかったと、心の底から後悔する。

「いえ、すごく鋭い着眼点だなと感心してたんです」

青年が咳払《せきばら》いをして、真面目《まじめ》に答えた。が、まだ目が少し笑っている。

……なかなか恰好いい人だ。芸術家のような、どこかに危うさを秘めた独特な雰囲気がある。軽くパーマのかかった短い黒髪に、うっすらとそばかすが浮かぶ白い顔。奥二重《おくぶたえ》の瞳は知的で、かすかに神経質そうな感じもあった。身長は百七十台前半だろうか。上は白いシャツとカーディガン、下にはダークグレーのパンツを合わせている。

「この椅子をカクトワールのレプリカと言い当てたこともですが、そこでフランスの作家ではなく、イギリス生まれのシェイクスピアを出してきたのがすごいなと」

「……どういう意味でしょうか？」

人見知りを発動してそっぽを向くヴィクトールに代わり、杏が尋ねた。

青年は、にこりとした。えくぼが愛嬌《あいきょう》を感じさせる。

「カクトワールは今、うちの工房と契約中の劇団の方々にお貸ししているんです。その彼らが近日、公開するのが『おしゃべりなハムレット』という舞台でして」

杏は少し戸惑《とまど》った。

『ハムレット』は、誰もが知っているというほど有名な、シェイクスピアの作品だ。……ただし杏は、概要《がいよう》を知っているという程度で、しっかりと中身を読んだことがない。

「こちらの展覧会とタイトルを合わせているようですが、シェイクスピア原作の『ハムレット』を演じるということですか？」

それとも、比喩的《ひゆてき》にタイトルだけもらった別の内容の演劇だろうか。

「うーん、アレンジ版というんでしょうか？　そうだなあ、たとえば、古い作品ですが、『タイタス』っていう映画をご存じですか。アンソニー・ホプキンスが出演した、シェイクスピア原作の映画なんですけれど」

わからない。

杏が曖昧《あいまい》に微笑むと、最初から期待していなかったのだろう、青年は顔色を変えずに軽くうなずいた。

「所々に現代要素を取り入れたミュージカル調の映画なんですよ」

「有名なミュージシャンの歌を作中で俳優に歌わせる、とかですか？」

「古代の世界観でありながら、現代の車やゲームセンターとかが当たり前に登場するんです。

その演出には賛否両論ありますが、作品自体はおもしろいですよ。……と、この映画のように、原作にはないオリジナルのアレンジを加えた現代版『ハムレット』を公開するそうです」

「おもしろそうですね！　『ハムレット』って……確か復讐劇《ふくしゅうげき》的な内容でしたっけ」

杏は必死に記憶を掘り起こして話をつなげた。

今度はヴィクトール以外の人から、芸術分野の知識を試されている……。

「はい。『オセロー』や『マクベス』などとともに、四大悲劇に数えられる作品ですね」

まずい、それらがどんな内容なのか、ぱっと思い出せない。

「ですが『ハムレット』はただの復讐劇じゃない。当時の社会情勢、芸術分野の発展に伴《ともな》って人々が大きく成長するルネサンスという時代の在《あ》り方《かた》と、哲学的な思想がふんだんに盛り込まれている作品でもあります」

笑顔が引きつりそうだ。杏にとって、哲学とは得体の知れない猛獣《もうじゅう》に等しい。迂闊《うかつ》に返事をすれば、恥をかいて心に重傷を負う。

杏の表情になにかを察したのか、青年は眉を下げた。

「といっても今回の劇はそう難しいものじゃなくて、もっとコミカルでアイロニー的な話ですよ。時代は『ハムレット』の世界と同一ですが、現代の若者言葉を使います。それに、主役はハムレットでも父王でもなく、宮廷の貴婦人や令嬢たちなんです」

真面目な顔で相槌《あいづち》を打ちながら、この人はずいぶん劇の内容に詳しいな、と杏は不思議に思った。

青年は滑《なめ》らかな口調で話を続ける。

「その高貴な女性たちが、他愛《たわい》のない噂《うわさばなし》話を始めます。それが次の噂を呼び、虚実《きょじつ》が入り交じって、やがて嘘がまことにすりかわる。そして坂道を転がるように友情と愛情が縺《もつ》れ合《あ》いながら、崩壊の一途を辿《たど》る……、あ、これはネタバレぎりぎりかな」

「もしかしてあなたは劇団所属の方ですか？」

杏は思い切って尋ねた。こんなに詳しいなら、劇団員か、あるいはその劇団の関係者か。

青年は軽く目を瞠《みは》って口を閉ざし、それから照れたように笑った。

「あ、いえ。すみません、僕はいったん話し始めると、まわりを忘れて夢中になってしまうんですよね。思い込みが激しいって友人にもよくからかわれる。……劇団の人間じゃないですよ。展覧会の主催者の息子です」

「えっ、主催者の方の？」

杏は内心慌てた。

とすると、室井の知人の息子ということでもある。

失礼のないようにしなきゃ、と杏が思った直後だ。

「へえ。あの『バズビーズチェア』もどきを吊るした、趣味のいい主催者の身内」

それまで、人類とはお近づきになるつもりはない、とでも言うように横を向いて無関心を装っていたヴィクトールが、杏の決意を叩き壊す発言をした。

（ヴィクトールさん、どうしてそれを言っちゃうかな⁉）

杏はすばやく彼の横腹をつついて窘《たしな》めると、愛想笑いを浮かべて青年のほうを向いた。

「ヴィクトールさんったら、本当に冗談が好きなんだから、もう！」

と、強引にごまかし、姿勢よく立って頭を下げる。

「私は高田《たかだ》杏と言います。『ツクラ』という椅子工房でバイトをしています」

「ああ、『ツクラ』さん？　確か、両親がお世話になっている、室井さんという方のいる工房ですよね？」

青年が目を丸くした。杏が答える前に、つつかれた脇腹を片手で押さえて、むっつりとしていたヴィクトールが冷たく言い返す。

「知人が椅子の展覧会を開くと室井武史《たけし》が言うので、ちょっと覗《のぞ》きに来ただけだ。――どうだ、杏。うちの工房が一番だと思わないか。少なくとも俺の工房では絶対に呪いの椅子もどきなんか吊るさない」

「ええと！　室井さんの紹介で、こちらへお邪魔しました！　この、ユーモアあふれるとても冗談好きな人が、『ツクラ』のオーナーのヴィクトールさんです！」

杏は急いで口を挟《はさ》み、笑顔を維持《いじ》した。

（ヴィクトールさんに、たとえ本気でそう思っていたとしても、人前で口に出しちゃいけないことがあるって、あとでしっかり言い聞かせよう！）

彼に自由を許すと、人間関係に嵐が吹き荒れる。

「……ヴィクトールさんは本当に日本語が流暢《りゅうちょう》ですね。——僕は小林春馬《こばやしはるま》です。両親がこの『イロドリクラフト』のオーナーをしています」

青年は唖然《あぜん》とした表情でヴィクトールを見ていたが、ぎこちなく微笑み、杏に続いて自己紹介をした。

不幸中の幸いというのもどうかと思うが、ヴィクトールの容姿は初見の相手を放心させるくらいに整っている。彼が投下した失礼な言葉はおそらく、貴公子然とした容姿の効果であまり印象に残っていない——と、信じたい。

「日本で生活しているんだから日本語以外を使う必要はないし、そもそも俺は外国語なんて話せない」

ヴィクトールがさらに空気の読めない発言をする。

杏は懸命に、にこやかな表情を貫いた。

春馬を不快にさせたのではないかとはらはらしたが、予想に反して彼は楽しげに噴き出した。

「個性的な方だな！　いや、正直に言って、すごく恰好いいんで驚きました」

ええ、恰好よさもですけれど、性格にもそれ以上に驚きが詰まっています、と杏は胸中で答えた。

「外見のよさがなんだというんだ。俺の容姿がどうであろうと小林春馬にはなんの関係も――」

「あの！　本当に素敵な展覧会ですね!!　椅子の種類も豊富で、『おしゃべりな椅子たち』っていうタイトルにぴったり！」

杏は拳《こぶし》を握り、声を張り上げた。

（ヴィクトールさん、どうして初対面の人までフルネーム呼びをするの!!）

もしかしてヴィクトールは杏が脇腹をつつく前から不機嫌だったのではないか、と気づく。

杏との会話の途中で春馬に声をかけられたため、邪魔をされたと感じていつもより攻撃的になっているのかもしれない。

しかし、春馬はヴィクトールのエキセントリックさを好意的に受けとめてくれたようだ。

「うちのイベントに足を運んでくださって、ありがとうございます。よかったら、これをきっかけに友人として関係を作ってもらえると嬉しいですね」

嫌な顔も見せず、大人の対応をしてくれる春馬の度量の広さに、杏は感激した。

「ぜひ！　ヴィクトールさんは、親しくなると態度も穏やかに……はならないし、もっと遠慮がなくなりますけれど、魅力もたくさんある人なのは保証しますので！　よろしくお願いします！」

「やめろ、杏。俺は今以上に人類とつながりを持ちたくない」

むしろヴィクトールのほうが本気で嫌そうな顔をした。

「おもしろい方だなあ！」

春馬が声を上げて笑った。

彼がヴィクトールの発言を楽しんでくれている間に、話題を変えたい。

「小林さんも、ご両親の工房で働いているんですか？」

杏が身を乗り出して尋ねると、春馬は笑みの滲《にじ》む表情のまま、首を横に振った。

「俺は普通の会社員ですよ。今回は、休みが取れたので、イベントの手伝いに来たんです。たまには親孝行をしないとね。杏さんは、俺と同じ……いや、ちょっと下くらい？　大学生？」

名前で呼ばれたことに多少驚いたが、実年齢より上に見てくれたことで、春馬の株が上がった。背伸びをした甲斐があった。

「いえ、高校生です」

「そうなんだ？　最近の高校生って大人っぽいね」

「そんなことはないですけど」

次第に恥ずかしくなり、杏がぼそぼそと謙遜《けんそん》すると、ヴィクトールが冷ややかな視線を寄越した。

「女ってわけがわからないよね。十代の頃は大人扱いを望むのに、なんで念願の大人になったら逆に一歳でも若く見られようと足掻《あが》くんだ？」

春馬がまた、声を上げて笑った。

「女性の心は複雑なんですよ。若くは見られたいけれど、子ども扱いされたいわけじゃないんです。そこらへんは、男も同じですよね」

いいことを言う！　杏は春馬に同意し、小さく拍手した。

ヴィクトールが、むっと杏を睨む。

「杏はそのままでいいじゃないか」

……すごくぐっとくる言葉だが、額面通りに受け取ってはいけない。

（ヴィクトールさんの場合、『人類が面倒臭《くさ》い。俺に高度な心理戦を求めるな』とか思っていそうだ）

たぶん間違った解釈《かいしゃく》ではないだろう。

「ヴィクトールさんは、言うことも恰好いいですね」

春馬が感心したようにうなずく。

他の鑑賞者がちらちらとこちらの様子をうかがっている。

杏たちが歩いてきた方向からも人が寄ってきた。六十歳前後の、白いシャツにベージュのパンツという恰好をした男女だ。どちらとも背が高く、ショートカットヘアをしていて、男性のほうは眼鏡をかけている。

彼らは雰囲気が似ている。ひょっとして夫婦だろうか。二人のこざっぱりとしたスタイルは、ミニマリストのような印象を抱《いだ》かせる。

れない。

「春馬、こちらの方たちは……？　ご友人？」

女性のほうがにこやかに微笑みつつも、目に戸惑いを覗かせて春馬に尋ねた。

彼女に声をかけられた瞬間、春馬が身体を緊張させたように杏には見えた。気のせいかもし

れない。

「友人に立候補したところだよ。——ヴィクトールさん、杏さん、こっちは僕の母の小林瑞穂《みずほ》です。隣が父の文則《ふみのり》。……で、この方たちは椅子工房『ツクラ』のオーナーのヴィクトールさんと、従業員の高田杏さんだ」

春馬が簡潔に互いの紹介を済ませる。

あら、と瑞穂が片手を口に当てた。

「武史君のところの？　いつも彼にはお世話になっています」

瑞穂は杏たちに——というより、ヴィクトールに向かって頭を下げた。文則も同じように会《え》釈《しゃく》し、名刺を渡してくる。

杏は、あれっと思った。こちらの会話を聞いていた春馬が、初めから迷うことなく日本語で話しかけてきたのはわかる。だが、容姿は完全に外国人のヴィクトールに、彼と初対面であろう瑞穂もまた、当然のように日本語で挨拶している。

知人である室井から、ヴィクトールは日本語しか話せない似非《えせ》外国人だとでも聞いていたのだろう。と、杏はすぐに納得した。

その推測は正解のようで、ちらりと杏に視線を向けた瑞穂が悪戯っぽく微笑む。

「武史君とは親しくお付き合いさせてもらっているのですけれどもね。『ツクラ』の皆さんの話もよくお聞きするんです。特に、オーナーが本当に素敵な方だって。武史君の言葉の通りですね。見た目に騙《だま》されてはいけないと、彼は何度も楽しそうに言っていました」

杏はつい深々とうなずいた。ヴィクトールはこの優《すぐ》れた外見以上に、中身が強烈だ。

「それと、バイトの女の子もしっかり者で、助かっているって」

「い、いいえ。私なんか全然役に立たなくて！　室井さんたちに助けられているのは私のほうです」

杏はしどろもどろになり、両手を振った。バイト内容は単純な店番のみだが、それだっていまだに戸惑うことが多い。謙遜ではなく本当にヴィクトールや室井たちには助けられている。

小林一家も、バイトにすぎない杏まで持ち上げてくれて、好感度はうなぎのぼりだ。

「自分と怖がらずに接してくれるのが一番ありがたいとも言っていましたよ」

ふふっと瑞穂が笑いをこぼす。その言葉の意味を正確に読み取り、杏も噴き出しかけたが、すんでのところで堪えた。

『ツクラ』の職人たちは皆親切で優しいのに、顔で損をしている。決して不細工ではないのだが……いかんせん、室井を含めた三人ともがタイプの異なる悪人面《づら》で、近寄りがたいのだ。

ヴィクトールを見ると、人類がこの場に増えて憂鬱《ゆううつ》だという表情を隠しもせず遠くを眺めている。……これは大変だ、ヴィクトールの気分が上向きになるような流れにしないと、『ツクラ』の評判にも関わる。

杏は使命感のようなものを抱き、めまぐるしく考えた。といってもヴィクトールを乗せられる話題なんて決まり切っている。

「こちらに展示されている椅子、優美で綺麗なデザインですね。ヴィクトールさんが、カクトワールという椅子だと話してくれましたが、お二人が作られたんですか？」

杏の問いに、文則がにっこりした。目尻《めじり》に生まれる笑い皺が優しい。

「それね、私が三十代の頃に作った椅子なんですよ。張り切って製作したはいいものの、価格を高く設定しすぎて、購入予定者からいきなりキャンセルされてね。あの時は困りました」

杏は真面目な顔になった。ヴィクトールもこの話には興味を示して、瞳に光をわずかに取り戻している。

「ああ……、たまにありますよね。注文後の一方的なキャンセル。事情を確かめたくとも、お客様と突然連絡が取れなくなるっていう……」

杏も『ツクラ』でバイト中、一度だけその嬉しくない経験をした。ネットからの注文者だったが、商品発送後、なぜか受け取り拒否をされてしまった。その後注文者に連絡を入れても返事をもらえず、結局取引は不成立で終わっている。

だがこれはアンティークチェアの注文だったため、送料が無駄になった程度ですんでいる。

オリジナルチェアの場合は目も当てられない。製作期間も無駄になるし、職人のモチベーションだって大幅《おおはば》に下がる。この一件から、『ツクラ』では代引きでの注文を不可に変更した。

「ええ、苦い経験ですね。商品購入後、少し使ってからわざと傷を作って返金を求めるお客さんもいるからねえ」

う、と杏は呻《うめ》いた。店にとっては、ある意味幽霊以上に怖い客だ。

「このカクトワールも二度ほど人の手に渡ったのに、すぐに返品されてきたんですよ。その後はずっと手元に残ったままだ。当時の私の年齢に近いくらい生きている椅子ですよ」

「ヴィンテージチェアですね……！」

杏の言葉に、夫婦が笑う。

「でもただ置き物にして腐らせるのは、椅子もかわいそうなので……いっそ小道具としてレンタルするのはどうだろうか、と思いつきました。ある意味、仕事方針の転機のきっかけにもなった記念の椅子でもありますね」

「あっ、もしかして、ここに置かれている他の家具も小道具ですか」

「そうですよ。うちが手がけた家具をレンタルしてくれている劇団の皆さんが、近々公演を行うということで、双方の宣伝を兼ねて、舞台装置の再現をしてるんです。これは劇中で主役が、貴婦人たちの噂話を立ち聞きするというシーンでの配置です」

文則の説明を聞いて、杏はカクトワールに目を向けた。

最初に抱いた宮廷の一室っぽいというイメージはだいたい合っていたようだ。高貴な女性がお喋りをしているような雰囲気が椅子の配置の仕方から伝わってくる。

「ピアノとかは、また別の工房さんの作品でしょうか？」

協力という形で、付き合いのある工房の作品を並べているのではないか、と杏は推測する。

こちらに置かれているピアノは、アップライトのものだ。

（チーク材……とは違う気がする）

杏は内心、唸《うな》った。ヴィクトールとの椅子談義を通して以前よりは木材に詳しくなったが、こうして見てもまだどんな種類かは言い当てられそうにない。

塗料が使用されていると、なおさら木材の判別が難しくなる。このピアノは、赤みを帯びた色合いをしている。ワインのように深みがあり、なおかつ光を弾くような鏡面仕上げなので、とても美しい。全体はどっしりとしていて、親板部分……横から見た時の幅《はば》が意外とある。譜《ふ》面台《めんだい》の上部は花びらのデザインだ。そして脚の部分はカブリオレ。猫脚。

「いえ、ピアノも私たちの工房の作品ですよ」

杏がピアノに近づいて鍵盤《けんばん》の蓋を開けようとすると、文則に代わって瑞穂がそう答えた。杏のほうへ一歩進み、注意を引くようににっこりと笑う。

「カクトワールの製作以降──春馬が生まれて少し経ったあたりから、手を広げて木製の楽器類も製作するようになったんです」

瑞穂の説明に、杏は驚き、振り向いた。

素人《しろうと》考えだが、同じ木製品と言えども、椅子と楽器では構造がまったく違うのではないか。極端な話、椅子なら杏でも構造や作り方の手順が予想できるが、楽器のほうはまた別の、専門的な知識が必要になる気がする。

ちらっとヴィクトールの反応をうかがうと、彼は腕を組み、虚空《こくう》を見つめる猫のような感情の読めない目でピアノを観察していた。春馬は曖昧に笑っている。杏は二人のその反応を見て、首を傾げた。

「ピアノも劇団の方にレンタルしています。それと、夜間はこのスペースに限り、稽古場《けいこば》としてお貸ししていますよ」

「稽古場にですか？」

杏は目を瞬かせた。

「今はねえ、昔と違って個人の生活スタイルが重視される時代でしょう？　騒音問題なんかで夜間の稽古が難しいみたいでね。団員さんたちはまだお若いし、舞台一本で生活しているわけじゃない。普段はバイトをしているようですが、やっぱりねえ、稽古用の大きな会場を借りるのも厳しいそうで……」

文則の話に、杏は聞き入った。

「うちは両隣が事務所なので夜間は無人になるし、住宅街からも距離がある。激しいアクションを必要としないシーンの稽古ならっていう条件で、公演前の短期間ですがお貸しする約束をしたんですよ。でも無料ではありません、少しはいただいています」

無料ではないにせよ、ずいぶん太っ腹な人たちだ。

杏は演劇には詳しくないが、稽古ができるくらいのレンタルスペースを利用する場合、安くても数千円か、設備の整ったところでは数時間で一万以上必要になる気がする。

「……子どもの小遣いみたいな金額しかもらってないくせに」

春馬が苦々しい顔で口を挟む。

「貸すのは、ここ限定っていうけどさ、他のスペースにも商品を置いているだろ。それとか勝手にいじられて、もしも壊されたらどうするんだよ」

どうやら春馬は、演劇そのものや家具のレンタルに関しては好意的でも、スペースの貸し出しまでは反対のようだ。

「もちろん破損がわかった時には弁償《べんしょう》してもらうとも約束してるわよ」

押し黙る文則を庇《かば》うように、瑞穂が横から口を出す。

「最近、このあたりも物騒になったと聞くわ。近隣の町で夜間の空き巣《あす》や事務所荒らしが増えているそうよ。工房の周辺は、夜になると本当に静かになるし……、そういう意味でも人が使ってくれたほうが窃盗《せっとう》予防にもなって安全だわ」

「だとしてもさあ」

春馬は納得できない様子だ。大げさなくらい、むっとしている。

杏も瑞穂の話を聞いて、身体がわずかに強張《こわば》った。窃盗目的ではなかったが、「TSUKURA」にもつい最近、『侵入者』が押し入った。その侵入者に、杏はガムテープで椅子に縛《しば》られた。

あの時間を思い出すと、寒くもないのに両腕に鳥肌が立つ。

恐怖を宥《なだ》めるように二の腕をゆっくりとさすった時、鬱陶《うっとう》しげに春馬たちを眺めていたヴィクトールが杏のほうを向いた。彼は、「わかるよ、人類の世間話ほど憂鬱なものはないよな」というような、仲間意識を抱いた表情で小さくうなずいた。杏は、微笑んだ。ヴィクトールの突飛な言動にはいつも翻弄《ほんろう》されているが、救われる場面も多い。

杏たちが視線でやりとりする間も、春馬たちの会話は続いている。

「——だってあなた、あそこの劇団を立ち上げたのは、私たちの同級生だった人なのよ」

「でもその人はもう劇団から離れてるじゃん。母さんたちは、今の団員とはなにもつながりがないだろ」

「そうだけど、私たちはこちらに引っ越してまだ一年経つか経たないかってところよ。ご近所さんとの付き合いも大事だわ」

「問題は、近所の付き合いじゃないだろ。その同級生だかなんだかって人から、電話で頼まれて、断り切れなかったんじゃないのか？」

「こういうのは、助け合いなのよ。どこでどんな噂が立つか、わからないし——」

「母さんたちはまわりを気にしすぎなんだよ。そうやって普段我慢ばかりしているから、いきなり爆発するんじゃないか」

「やだわ、今そんな話はしていなかったじゃないの」

「だからさあ――」

彼ら親子のやりとりを聞いて、杏はなるほどなあと思った。

色々としがらみがあるってわけか。小林夫婦も本音では、スペースのレンタルに乗り気ではなかったのかもしれない。

（だとしてもやっぱり、親切だ）

最終的には劇団員が稽古の場所に困っていると思って、格安でスペースを貸したのだろう。

「母さんたちは本当に流されやすいよな。すぐに感情で押し切られるんだから」

春馬の嘆息に、夫婦は決まり悪げな顔になっている。しっかり者の息子に、ちょっと気の弱い両親、という感じか。

話の中身がだんだんと身内向けのものに変わっているので、口を挟むのもためらわれる。

（挨拶だけして、そろそろ他に移ったほうがいいかな）

ヴィクトールに判断を仰《あお》ごうと思ったら、彼はいつの間にかピアノのそばへ寄っていて、鍵盤の蓋を開け閉めしたり脚の形をじっくり観察したりと、一人遊びに興じていた。

ヴィクトールの様子が気になるのか、春馬や文則が時々ちらりと彼を見て、なにか言いたげな顔をする。春馬は戸惑うように、文則は困ったように。

展示品を勝手にいじられては困るのだろう。

(うちのヴィクトールさんが、すみません)

杏はヴィクトールの気を引くため、そっと彼に近づいた。

「このピアノって、チーク材じゃないですよね？」

「違う。バーチだよ」

ヴィクトールは、閉めた鍵盤の蓋を指先で撫《な》でると、一人遊びに満足した様子でうきうきと答えた。

「バーチというと……？」

「樺《かば》。チークよりかは安価な木材だね。俺は好きだよ。木目の出方がやわらかくて美しいし、年月とともに木肌が赤みを帯びてくるという特徴《とくちょう》がある。床材にも適している」

「楽器にも合う？」

杏がピアノを指差すと、彼はうなずいた。

「そうだな。こういうピアノとかには使われるよ。適度に硬く、扱いやすい。でも耐久性はあまりないんだけどね」

杏は、ピアノを見つめて恍惚《こうこつ》となるヴィクトールに目を奪われた。

(こってりしたような飴色もいいけど、こういう深みのあるワイン色の家具もヴィクトールさ

んには似合う）

逆に、パイン材やスギ材などに見られる爽《さわ》やかな明るい色はあまりマッチしない……と言ったら、どんな木材も愛するヴィクトールを悲しませるだろうか。

「これは塗料を使用しているからわかりにくいけれどね、バーチは本当に木目が整っているんだ。木肌の光沢《こうたく》……照りも美しい。そうだな、襞《ひだ》のような整ったゆらぎが見られるんだよ」

「ゆらぎ？」

ヴィクトールの気を引く目的で声をかけたのだが、この話に興味を掻き立てられた。

彼は杏に顔を向け、目を輝かせた。

「樹木は生き物だ。成長するにつれ瘤《こぶ》ができたり、傷が生じる。するとその部分の木肌の密度が変化する。そうした密度の違いが、美しい光の反射を生み出すんだ」

「そうですね。木目って綺麗ですよね。波のゆらめきを連想します」

密度が云々というあたりは正直、ぴんとこないが、木材の表面に浮かぶ年輪の模様が綺麗なのは間違いない。

ヴィクトールが目尻を下げて笑った。これは本気で喜んでいる時の、くすぐったげな笑い方だ。

「ああ、いいね。うん、バーチの木目のゆらぎは確かに波のようだ。波は波でも、繊細な波だね。そよ風に吹かれた時、水面《みなも》に生まれるさざ波の美しさだよ」

杏も微笑んだ。

恋する欲目か、会話の内容はときめくようなものではないが、ヴィクトールが楽しそうだと杏もなんだか胸が弾み、笑い出したくなる。それから、瞼《まぶた》の上にかぶっている前髪を、指でそっと横へ流してあげたい気持ちにもなる。不思議だと思う。恋をすると、人に優しくしたくなるのだろうか？

「バイトをするようになって、ヴィクトールさんから椅子や木材について色々聞いてきましたが、まだまだ知らないことがたくさんあるんですね」

杏はしみじみとうなずいた。

「そうだよ、樹木は奥深いだろ？」

ヴィクトールはまっすぐに杏を見つめて優しく言った。

椅子の話をしていると、彼は時々愛《いと》おしさのこもった目で杏を見ることがある。もちろん杏自身に愛情を向けているのではない。話題の中身、椅子やその歴史、パーツの木材に心を奪われているだけなのだろうけれども、そうとわかっていても気分が高揚する。

「ヴィクトールさんは、あの、カクトワールみたいなデザインのチェアは作らないんですか？」

もう少しこの優しい目を見ていたくなり、杏は話題を引き延ばした。

「アンティーク風の椅子ってことかな？　そうだなあ、俺は自作するなら、どちらかといえばシンプルな椅子を好んでいるね」

ヴィクトールは杏の背中に手を当てて、さり気なく移動を促《うなが》した。

まだ難しい顔で話し込んでいる小林親子に挨拶しなくていいのかと杏は戸惑ったが……なるほど、彼らが夢中で会話をしているうちに逃げたいようだ。とりあえず、目が合った文則には会釈しておいた。

(ヴィクトールさんは本当に人類が嫌いだなあ)

ここまで徹底《てってい》していると、一周回っておかしみが出てくる。

彼らには帰り際に一声かければいいだろう。杏はそう決めて、この場はヴィクトールに従い、舞台装置を再現しているスペースから離れた。

「現実的な話をすると、ああいう装飾は華やかだけれども、そのぶん手間もかかる。技術もいる」

ヴィクトールが憂鬱から解放されたような表情を見せて、先ほどの話の続きを口にした。

「量産が難しい？」

杏が問うと、彼は唇で笑った。

「難しいね。量産を狙《ねら》うなら、それこそウィンザーチェアじゃないけれども、作業を分担させるほうが効率的だ。だがカクトワールは、庶民向けの椅子として作られたものではないからね」

今の時代に階層を気にする必要はないだろうけど、とヴィクトールは言い添えた。

でも、手間をかければ、販売価格も上がる。

「ううん、そうかあ」

「椅子脚を軽くカーブさせるだけであっても、かなり悩むんだよ。カーブの具合で座面からかかる重量の数値も変化する。そこは当然最初に考える点だが、どの位置に脚をつけると負荷が少ないだろうかというところだって重要なポイントだ。たとえばだが、座面裏の中央に脚があるとね、座っていると意外と疲れるんだよ」

「そういえば……シンプルな作りに見えるものでも、ヴィクトールさんとか小椋《おぐら》さんが作った椅子ってなんか座りやすいですよね」

杏は試しに座らせてもらったことのあるオリジナルチェアを思い出して、言った。

「よく見ると、真っ平らのようであって、微妙に座面がカーブしてたり……」

背棒も、外側と中央側でわずかに太さが違っていたりする。

「うん。君の言った、『なんか座りやすい』という自然な感覚をどう作り出すか。何脚仕上げても完璧《かんぺき》にはほど遠い」

「細部にまで職人の技術が目一杯詰め込まれているんですね」

杏が結論付けると、ヴィクトールが喉の奥で笑いを噛み殺した。

「椅子、奥深いだろ」

もう一度、今度はわくわくとした表情で聞かれた。

「はい、とても」

答えたあとで、まだヴィクトールのエスコートが続いていることに気づいて、杏は首筋が熱くなった。

3

展示されていた椅子を一通り鑑賞して満足し、そろそろ帰ろうかという頃、工房の外からざわめきが響いた。歓声や拍手も聞こえてくる。

なんだろうと気にはなったが、ヴィクトールが明らかに「行きたくない。外の騒音が落ち着くまで待ちたい」という切実な視線を寄越してくる。彼の望みを叶《かな》えるため、杏《あん》はもう少し工房内をうろつくことにした。

「工房と言っても、ここで家具の製作をしているわけではないようですね」

杏がそう推測すると、外へ出ずにすんでほっとしたヴィクトールが軽くうなずいた。

「実際の製作工房は、うちみたいに別の場所に作られているんじゃない？　たぶんこの裏にある建物が工房で、こっちは普段からショールームとして使っているんじゃないかな」

「だとすると、ずいぶん規模の大きな工房ですね。職人をたくさん抱《かか》えているんでしょうか？」

「そうとも限らない。ここらは目立った施設もないし住宅街からも離れている。悪くない場所だろうが、交通の便の問題がある。車がないと移動が大変だ。そのあたりの不便さを考えると、街の中心部よりは土地を安く借りられるはずだよ」

へー、と思う一方で、杏は、『ツクラ』の立地条件はどんな感じなんだろうなあ、といささか下世話な興味を持った。

杏の好奇心に気づいたらしく、ヴィクトールが片眉《かたまゆ》を上げる。

「うちはけっこう好条件の立地だよ。繁華街からはちょっと離れているけれど、バスも通っている。それに、近くに教会があって、小高い場所に建てられているだろ。景観だって悪くない」

確かに景色はいい……かもしれない。

そんな会話をしてヴィクトールと時間を潰《つぶ》していると、外のざわめきが近づいてきた。というより、工房の中にそのざわめきを生む一団が入ってきた。

わ、と杏は小さく叫んだ。

工房に現れた集団は、まるで中世からタイムスリップしてきたかのような貴婦人や令嬢、紳士たちだった。

いったいなにが起きたのかと杏は驚いたが、目の前を通りすぎる彼らを見て、劇団員たちなのだと納得した。後尾の貴族姿の紳士が、「劇団オレンジ彗星群《すいせいぐん》『おしゃべりなハムレット』近日公演！」と印刷されたポスターを掲《かか》げている。

「華《はな》やかですね！」

杏は、こちらに手を振って品よく微笑《ほほえ》む令嬢を見つめて、胸を躍《おど》らせた。ヴィクトールのいう『鳥籠《とりかご》』のように腰から下が膨《ふく》らんだドレープの見事なピンク色のドレスを着用し、髪には花の髪飾りをつけている。三日月形の大鎌《おおがま》を抱える黒衣の死神役の者もいて、なかなかの迫力だ。『ハムレット』は確か、死者も亡霊となって登場する劇なので、こういう役もあるのだろう。

「公演日に向けて、外でパフォーマンスをしていたんでしょうか」

この騒がしさを受け入れられずに死んだ目をし始めるヴィクトールの腕を取り、杏は彼ら一団のあとを追った。劇団員につられて外から入ってきた客で、工房は少しの間、賑《にぎ》わった。

劇団員たちは舞台装置の再現をしているスペースまで行くと、それぞれカクトワールに座ったり、ピアノの前でポーズを取ったりした。そして一斉《いっせい》に、糸の切れた操り人形のようにぴたりと動きを止める。

カクトワールは全部で四脚あって、そのすべてに令嬢役の劇団員たちが座っている。今にもおしゃべりを始めそうな雰囲気《ふんいき》だ。あとはピアノの前、チェストの横、それとテーブルのそばに貴族姿の男性が一人ずつ。黒衣の死神は窓のカーテンの裏に潜《ひそ》み、不気味な白い仮面の顔だけを覗かせている。

ポスターを掲げていた紳士が深々と礼をし、五分ほどかけて公演期間やその内容についてを説明する。彼が話を終えると、ぴくりともせずにいた劇団員たちが息を吹き返したように動き始めた。見学していた客に、優雅に一礼し、再び去っていく。死神役だけは礼をせず、大仰《おおぎょう》な動きで全員を見回していた。観客が拍手をした。

杏も小さく手を叩いたが、その時、窓際のほうに春馬《はるま》と、彼の両親が控《ひか》えているのに気づいた。彼らの表情に驚きの色はない。劇団員の登場をあらかじめ知っていたようだ。

「ひょっとすると、日に何度もこうして宣伝しているんでしょうか」

おもしろいですね、と杏は同意を求めてヴィクトールを見上げた。しかし彼は、濁《にご》った目のまま一団を見送っている。

「演劇のなにがおもしろいんだ？」

「……ヴィクトールさん？」

なにを言うつもりかと、杏は警戒した。

「人類が別の人類の真似をするとか、悪夢だろ。なんでそんなに他人を演じたがるのかもわからないし、それを見て楽しいと感じる神経も理解できない。まさか人類には、共通してレプリカ願望でもあるのか？」

「ヴィクトールさん、やめましょう」

杏はすばやく窘《たしな》めた。

誰かに聞こえたら大変だ。

舞台装置を再現したスペースに残っているのは、杏たちや小林《こばやし》一家、それから彼らに話しかけている三十代以上の男女、少し離れた位置でくつろいでいる四十代の男性たちくらいだ。見ていると、どうやら杏たち以外は皆、小林夫婦の知り合いらしい。劇団や工房の関係者かもしれない。一般客は、去っていった劇団員たちのあとを追っていった。

「帰ろう、杏。俺は疲れた」

最後にごっそりと精神を抉《えぐ》られた様子のヴィクトールの催促《さいそく》に、杏が従おうとした時、「そうだ、ここで報告するのもなんですが、両親と親しいあなた方に祝福してもらいたいことがあるんです」と、春馬がふいに声を張り上げた。

「結婚したいと思っているんです、僕」

彼の唐突な発言に、杏は去ろうとしていた足を止め、驚きとともに振り向いた。ヴィクトールも嫌々といった素振《そぶ》りで春馬のほうへ顔を向ける。

春馬はうっすらと微笑み、深みのある色合いをしたアップライトピアノの横に、寄り添うようにして立っていた。春馬には、芸術家のような独特な雰囲気がある。重厚なワイン色のピアノの隣にいても違和感がない。

もしも自分がピアニストだったら、こういう素敵なピアノがほしいと思ったかもしれない、いや、これはヴィクトールの言う浮気になるかも。私はやっぱり椅子一筋でいこう。――そんな他愛《たわい》のない考えを抱《いだ》きながら杏も他の人たちに倣《なら》い、春馬の次の言葉を待った。

「このピアノに一目惚《ひとめぼ》れしたんです」

……ん？　と杏はいぶかしんだ。

春馬は結婚報告の話をしかけていたのではなかっただろうか？

なぜいきなりピアノの話になったのか。

怪訝《けげん》に感じたのは杏だけではなかったようで、小林夫婦も、春馬の支離滅裂《しりめつれつ》な話の運びに戸惑っている。どう反応していいかわからないといった態度を見るに、結婚の話自体が寝耳に水のようだ。

皆の間に漂《ただよ》い始《はじ》めた妙な雰囲気に杏も戸惑《とまど》ったが、自分たちが完全な部外者であることをふと思い出し、焦《あせ》った。このスペースに残っているのは、小林一家の知り合いばかりだ。だからこそ春馬はサプライズ的に結婚報告を始めたのだろう。

ここは空気を読んで、早く立ち去ったほうがいい。

――しかし、動こうとした直後に春馬が投下した一言で、また足がこの場に縫《ぬ》い付《つ》けられた。

「僕はピアノと結婚するつもりです」

……えっ？

杏は、ぎょっとした。

両親の瑞穂《みずほ》や文則《ふみのり》、それに夫婦の知人たちも、「はっ？」と、混乱した声を上げている。落ち着いているのは春馬本人だけだ。

「僕は、対物性愛者です」

しんっと場が静まり返った。外から聞こえる車の走行音がやけに耳についた。

（対物性……？）

杏は話を飲み込めず、恐る恐る全員の顔をうかがった。皆、凍り付いている。

「ピアノを愛しているんだ」

春馬が熱に浮かされた顔つきで言う。

趣味でピアノを弾《ひ》くのだろうかと杏は考えた。だが先ほどの結婚発言は、どういうことだろう。

「こんなに心を奪われたことはない。誰にも渡したくない」

「——ちょ、ちょっと待ちなさい春馬！　あなた、いきなりなにを言っているの？」

茫然《ぼうぜん》としていた母親の瑞穂が我に返り、慌てた態度で春馬に詰め寄る。

一方、父親の文則は、劇団の関係者らしき男女に、「え？　これもパフォーマンスの一部なのかい？」と、真面目《まじめ》な表情で尋ねていた。しかし、問われた男女は困惑の表情を浮かべている。

「今まで、なぜ恋人を作らないのかと母さんたちには不思議に思われていただろうけれど、僕はただ、人を愛せないだけなんだ。でも恋愛は何度もしてきた。昔から、楽器に惹《ひ》かれてきたんだよ」

「は、春馬!!　あなた、ちょっと……！　ちょっと、か、帰りましょ！　家に帰ってからきちんと話しましょう!!」

瑞穂が真っ青になって春馬を止めようとするが、彼は薄い笑いを消さずに首を横に振った。

「両親はたぶん僕の結婚を認めてくれないだろう、という覚悟はありました。自分の恋愛が特殊《とくしゅ》であることくらいはわかっています」

春馬は、舞台上の役者のようにすらすらと心情を語る。杏は、自分が観客の一人になった気がした。

「でも、誰でもいいから祝福されたいと。最近そう考えるようになりました。それで、この場を借りて打ち明けたんです。僕は、このピアノに惚れています。——昔、引っ越す前の家にあったピアノとよく似ているんですよ。今思えば、きっとあれが、僕の初恋だった」

「やめなさい‼　い、いいえ、あなたの気持ちはじゅうぶんわかったから、場所、場所を変えましょう、ね⁉」

瑞穂はひどく取り乱した表情で春馬に訴《うった》えた。

だが春馬は、「こうでもしないと、母さんたちはまともに話を聞いてくれないだろ」と、自分の腕にすがりついてきた瑞穂の手をすげなく振り払った。瑞穂は拒絶されたのがショックだったらしく、絶句した。

文則のほうは、息子の衝撃的なカミングアウトに目を見開いたまま放心状態だ。その他の人々は、ただおろおろしていた。

「対物性愛者？　……って、なに？」

杏の独白に、暇《ひま》そうにしていたヴィクトールが「物を愛する人間のことだよ」と、淡々とした声で答える。……春馬以外に冷静な人間がここにもいた。

「恋愛対象が人間じゃなくて、物なんだ。その対象物に性的衝動を感じる場合もあれば、欲を伴《ともな》わない純愛の場合もある。愛情の指向のひとつだね」

ヴィクトールは親切に教えてくれたが、話の中身よりも、普段と変わらない彼の態度に杏は驚いた。

慌てる自分がおかしいのかもと思ったが、彼と春馬以外は皆、杏以上に動揺している。これが普通の反応だと安心したあとで、「でも、普通ってなんだろう?」という疑問が胸に湧いた。

たとえば、高校生の杏が成人男性のヴィクトールに恋することは、普通の範疇《はんちゅう》なのか。ならー―自分の祖母と同年代の女性に惹かれ、彼女の形見の椅子を購入した青年の恋は?自分の半身のような相手と恋をした双子は、異常?死んだあとでも心中を望んだ少女たちの恋は?

(想いの形は、どれも違う)

正しいか正しくないかは、誰が決めるのだろう。

杏は、彼らの恋を否定したくない。なぜなら恋は、いつでも特別だ。普通が普通じゃなくなり、特別になるから、恋だ。

(さっきヴィクトールさんがあのピアノに近づいた時、春馬さんが気にしているような素振りを見せたのって、『結婚したいほど好きな相手に他の男が接近した』からだったのかな)

ヴィクトールさん、恰好《かっこう》いいもんね……と、感じ入ったところで、杏は我に返った。

いや待って、やっぱりなにか違わない⁉

「君、なんでそんなにめまぐるしく表情を変えているんだよ」

ヴィクトールが呆《あき》れたように言う。

「だっ、だって！ びっくりしちゃって……！ ヴィクトールさんは、どうして驚かないんですか！」

「なにを驚く必要がある？ 人を殺すのに性的興奮を感じるというなら嫌悪もするが、そうじゃないんだからピアノと恋愛しようが憎《にく》み合《あ》おうが、本人の勝手だろ」

ヴィクトールの、冷たい口調で放たれた言葉は、思いの外《ほか》よく響いた。

口論中だった春馬たちの目がふっとこちらを向く。急に沈黙が広がった。

ヴィクトールがつまらなさそうに言い捨てる。

「大前提として、俺は人類がなにを愛そうが心底どうでもいい」

そうだった。ヴィクトールさんはこういう人だったか！

（よく考えたら、ヴィクトールさんだって対物性愛者の条件に合致しているんじゃない？）

杏は重大な事実に気づき、愕然《がくぜん》とした。

なにしろ堂々と椅子を恋人扱《あつか》いする男だ。それに、もともと人類が嫌いと言って憚《はばか》らない人でもある。

「なぜ俺をじろじろと見る？」

ヴィクトールが怖じ気《おけ》づいたように杏を見る。

「いえ、その、そうですよね……、世の中には、色々な愛の形があるんだなって……」

杏はつらい現実を必死に飲み込もうとした。胸がちくりと痛んだが、屈折した性格の人だとわかった上でヴィクトールに恋をした。でも、本当に限りなく望みの薄い恋なのだと、この場面で再認識させられるとは思わなかった。

（すごいな私……、告白する前から失恋が確定してる）

自分が世界で一番可哀想《かわいそう》な恋をしている気分になり、杏は鼻の奥がつんとした。

仕事もバリバリこなして家事も完璧《かんぺき》な美女に奪われる心配をしなくていいじゃないか、と無理やりポジティブに考えてみようとしたが、無駄な努力だった。そんな次元の話ではない。恋敵《こいがたき》は、椅子だ。

……今日の帰りにケーキを買って、自分を慰《なぐさ》めよう。

杏が自棄《やけ》食いを決意した時、春馬がこちらに歩み寄ってきた。華やいだ表情を浮かべている。

「嬉しいな、全員からバッシングされる覚悟もしていたんですよ。つらい思いをするだろうって。でも、あなた方は僕の結婚を祝福してくれるんですね」

祝福――と言っていいのかわからないが、彼の愛を否定するつもりはない。とはいえ、はっきりと「はい」と肯定するのも難しかった。杏の気持ちの問題ではなくて、今にも卒倒しそうな彼の両親の視線があるからだ。

「他人の祝福がなぜそれほど必要なんだ？」

不思議そうにヴィクトールが言う。

「誰にも祝福されなかったら諦《あきら》めるつもりだったのか？」

虚《きょ》を突かれたように春馬が口ごもる。だがすぐに強張《こわば》った笑みを浮かべた。

「いえ……諦めません。が、それでも誰かに受け入れてほしいという願望も、やはり捨てられないんです。認めてもらえることで、自分は『まとも』な人間の一人だと安心したいのかもしれない」

春馬の静かな声を聞いて、他人事《ひとごと》だから否定する気はないというだけかもしれないと、杏は頭の片隅で考える。もしも身内が対物性愛者だと告白してきたら、彼の両親のようにもっと焦るのではないか。

（……でも、最終的には受け入れて、応援するかも。ヴィクトールさんの椅子愛に毎日触れているから、慣れたのかな）

ある意味、視野が広がったとも言える。ただし自分の恋は枯れる以外に道はないようだ。

それに、ヴィクトールの恋愛対象が人間の女性だったとしても、杏が恋人になれるかどうかという話とはまた別の問題だろう。

はじめから障害ばかりの恋だというのを思い出した。年齢差とか、見た目とか、価値観とか。

（別にいいんだ。恋が実らなくたって。ただ好きでいたいと思っただけだもの）

強がりだろうか。杏は気分が沈《しず》むのを自覚した。

ようやくショック状態から復活した瑞穂が、怒りと混乱が入り交じった表情で大声を上げた。

「春馬、冗談はいい加減になさい！　ピアノと結婚って、そんな馬鹿な話、ないでしょう!!」

と、そこでなぜか彼女は勢いよく杏を振り向き、指差した。

その迫力に、杏は思わず仰《の》け反《ぞ》った。

「結婚するならこの子でもかまわないでしょ!!　誰でもいいからこういう、普通の女の子を選びなさい！」

「わ、私!?」

突然の名指しに杏が仰天《ぎょうてん》していると、「早く帰りたい」という失礼な態度を隠そうともしていなかったヴィクトールが眉をひそめた。

「あなた方の家族問題に俺たちを巻き込まないでくれ。それと、『この子』を軽々しく扱わないでくれるかな。あなたが考える、誰でもいい人間の中に含まれるような子じゃないよ。不愉快だ」

ヴィクトールの攻撃的な物言いに、激高していた瑞穂が押し黙り、幾分《いくぶん》冷静な顔つきに戻った。

「行こうか、杏」

ヴィクトールは、驚く杏の手首をいささか乱暴に握ると、そのまま出入り口へ向かって歩き出した。

杏は強引に手を引っぱられながら、彼の不機嫌そうな横顔を見つめた。

（……もしかしてだけれども、百パーセント脈なし、というわけでもないような？）

いや、まさか。椅子がすべてと断言するヴィクトールに、甘い期待なんかしちゃだめだ。

そう自戒するそばから喜びのような弾《はず》んだ気持ちがわき上がり、じわっと耳が熱くなる。摑まれた手首が少し痛い。跡がつくかもしれない。なのに、振り払おうという思いがちっとも芽生えない。できることなら、ちゃんと手をつないでみたい。

だが、あんまり調子に乗ってはしゃぐと、後々、崖《がけ》から突き落とされるような思いをするに違いない。なにしろ相手は一筋縄ではいかないヴィクトールだ。崖から突き落とされたあと、さらに石でも投げ付けられる可能性すらある。

（痛い思いをしたくないなら、浮かれるな私）

杏は下唇を嚙んで、自分を叱《しか》った。

工房の出入り口を通過して、駐車場へ向かう途中、追いかけてきた春馬に杏たちは呼び止められた。

「待ってください！」

ヴィクトールは聞こえているのに無視しようとした。

(小林さんのご両親は室井《むろい》さんの友人だ。今回のことで、関係を悪化させたくない)

杏は室井の顔を思い出し、立ち止まった。振り向いたヴィクトールも足を止め、恨《うら》めしげに杏を見下ろす。

「……母が失礼なことを言ってすみませんでした。いえ、無関係なあなたたちを僕らの問題に巻き込んでしまって、申し訳ない」

春馬は杏を見てから、ヴィクトールにも頭を下げた。

「気にしないでください」

杏は笑みを返した。失礼というなら、ヴィクトールもかなりひどい発言をしているので、お互い様だ。

「あの……、好きな相手と結婚できるといいですね」

緊張した様子で険《けわ》しい顔を見せていた春馬が、杏の一言にふっと眉間《みけん》の皺《しわ》を消し、ぎこちなく微笑んだ。

「そう言ってもらえると嬉しいな」

彼は吐息を漏らした。

「両親とは、もう何年もぎくしゃくした状態でしてね。今回のイベントの手伝いを通して歩み寄れたらと思っていたんですが……難しいなあ」

本気で関係の修復を望んでいたのなら、ピアノと結婚したいという衝撃のカミングアウトはもう少しあとのほうがよかったんじゃないかと杏は考えたが、物事には勢いが必要な時もある。

「どうでもいい……。俺は心身ともに疲労しているし、喉も渇《かわ》いてきた。砂糖を山ほど入れた珈琲《コーヒー》が飲みたい。杏は、カフェオレだろ？」

「ヴィクトールさん、そこまでです」

杏はすばやく彼を止めた。この人、カプリオレの話を思い出してわざと「カフェオレ」と言ったに違いない！

春馬は気分を害した様子もなく、肩の力を抜いたように、くすっと笑った。……寛容な人で、助かった。

「ご両親も今は混乱しているかもしれませんけど、小林さんが真剣だとわかったら、きっと耳を傾けてくれますよ」

そんなにうまくいくわけがない、とでも言いたげなヴィクトールの視線を無視して、杏が励《はげ》ますと、春馬は悲しげに眉を下げた。

「そうですね――そうなれば、どんなにいいか。親子だからって、なんでもわかりあえるわけじゃないんですよね。それでも、隠し事なんてしたくなかった。両親の本音も聞きたかったんです」

連絡先を交換した春馬と入れ替わるように、小林夫婦も杏たちを追いかけてきて、しきりに非礼を詫《わ》びた。

彼らの対応をしたのはヴィクトールだ。先ほどの瑞穂の発言がまだ引っかかっているのか、珍しく杏の前に出て受け答えをしているが、彼の顔にははっきりと「人類が、憎《にく》い……」と書かれている。

彼ら夫婦は謝罪の一方で、春馬が杏たちとなにを話したのか気になっているらしく、できれば教えてほしいという雰囲気を匂わせた。本人不在のところで探りを入れるのも褒《ほ》められたことではないが、息子の衝撃的な告白のあとだ。どんな小さな話でもいいから聞いておきたいという切実な思いは、理解できる。

だが風変わりな感性を持つヴィクトールには、それは通用しない。親子間の複雑な思いを理解はできても、基本として情愛の類《たぐ》いには興味がないし、空気も読まない。あるいは、最初から読む気がない。

「俺から聞くよりも、本人としっかり話をしたらどう？　そのほうが間違いもない」

と、それができれば苦労はないという正論を面倒そうに彼らに返している。

ヴィクトールに対応を任せておいて、大丈夫だろうか。心の中で「世界から人類が消滅すればいい。俺も死にたい」と呟くだけならいいが、そろそろ実際に声に出す頃ではないだろうか。はらはらしつつ杏が成り行きを見守っていると、足首あたりになにかが接触した。ぞわっと寒気が走る。今日はスカートを穿《は》いているので、素足にパンプスを合わせている。

戦々恐々と足元を見下ろせば――そこにいたのは、かわいらしいトイプードルだった。テディベアのような薄茶色のふわふわの毛に、つぶらな黒い瞳。尾を振って、杏をじっと見上げている。

（かわいい……！　この子ってさっき、カクトワールに座っていた仔犬《こいぬ》だ）

首輪がついている。近辺の家で飼われているのだろう。きょろきょろとあたりを見たが、それらしき飼い主の姿はない。

おまえはどこから来たの？　ヴィクトールたちの会話の邪魔にならないよう、杏は心の中で尋ねて、身を屈《かが》めた。人懐っこい性格なのか、杏が撫《な》でても嫌がらず、嬉しげにわふわふと飛びついてくる。ずっと外を駆け回っていたのか、毛がひんやりとしていた。

（でも、ふかふかだ～！）

杏はトイプードルのかわいらしさに、にやけた。……にやけすぎたらしく、小林夫婦と会話中のヴィクトールがふとこちらを見て、くしゃみが出そうで出ないという時のような奇妙な顔をした。自分は人類と応戦しているのに、そっちはなにをしているんだ、と思ったのかもしれない。杏は慌てて表情を取り繕《つくろ》い、トイプードルの頭をひとつ撫でたあと、腰を上げた。急いで立ち上がったせいで軽く立ちくらみを起こしたが、気にするほどのことでもない。

お利口なトイプードルは、ヴィクトールたちの不穏な雰囲気を察したようで、杏のまわりを数度飛び跳ねると、工房横の茂みに元気よく飛び込んでいった。

(小林さんたちが飼っている子だったのかな?)

杏は、トイプードルが消えた方向をしばらく見つめた。

「——あなた方も小林春馬も、ずいぶんまどろっこしい」

ヴィクトールのやさぐれ感の漂《ただよ》う声に、杏はふっと意識が引き寄せられた。そちらを見ると、ヴィクトールがうんざりした顔で腕を組んでいる。

「親であろうと、彼が愛するものを否定する権利はないでしょう。逆に、我が子だからって、無理に認める必要もない。ただ、互いに真実を話せばいいだけだ。それすらできていないのに我を通してなんになる?」

……いいことも言っているのだが、それが難しいのが人間だ、と杏は切なくなった。が、その直後だ。

「俺も言うべきことは言う。もう限界だ。精神が疲弊《ひへい》しているし、しゃべりすぎてもいる。心身を癒《い》やすために砂糖を山ほど入れて珈琲を飲む。杏にはカフェオレだ」

杏は目を剝《む》いた。

（ヴィクトールさん、もしかしてカフェオレとカプリオレのフレーズを、すごく気に入っていない⁉）

しかしこの場面で口にしていい言葉ではない。

「あなた方も珈琲を飲めばいい」

小林夫婦は、ぽかんとし、顔を見合わせている。

ヴィクトールをこれ以上野放しにはできない。室井の顔も潰すはめになる。

「すみません、私たち、そろそろ帰りたいと思います！」

杏は急いでヴィクトールの隣に立ち、挨拶《あいさつ》した。

「あの……きっと大丈夫だと思います。小林さん……春馬さんは、お二人を大事に思っています」

言ったあとで、でしゃばりすぎだったかと杏は焦った。

小林夫婦は、杏を見つめてから一度ヴィクトールに視線を向け、恥ずかしそうに微笑んだ。

4

杏《あん》たちは途中で発見した喫茶店に立ち寄り、喉を潤した。ヴィクトールは、小林《こばやし》一家との会話では疲労と喉の渇《かわ》きを強く主張していたのに、彼らと離れたからか、リラックスした表情に戻っていた。注文したのだって、あんなに切望していた珈琲《コーヒー》ではなく紅茶だった。

その後、杏たちは『TSUKURA』に戻った。

日曜日に店番をするのは杏だが、今日は展覧会に出掛けたため、『TSUKURA』は午後からクローズにしている。現在の時刻は四時を回ったばかりで、本来の閉店時間にはまだ余裕がある。

二時間程度であってもオープンしたほうがいいだろうか。

そのつもりでヴィクトールも杏をこちらへ連れてきたのではないか。どうするべきだろうと、ヴィクトールに顔を向ける。

彼は車を一度『TSUKURA』の入り口前にとめたが、すぐに考え直した様子でゆっくりとアクセルを踏んだ。

「どこへ行くんですか？」

戸惑《とまど》いながら尋ねると、「工房」という短い返事が来る。

その言葉通り、車はまっすぐに工房へ向かった。

到着後、杏は車から降りると、工房を見つめて首を傾《かし》げた。オリジナルチェアの製作の場である工房は、プレハブだ。一階建てで横長の造りをしており、傾斜の緩《ゆる》やかな三角屋根を載せている。周囲には木材を詰め込んだ小屋や、一風変わったオブジェが置かれている。

「……室井《むろい》さんたちは来ていないんですね」

てっきり職人たちが作業中だろうと思ったが、工房の引き戸は施錠《せじょう》されている。

「室井武史《たけし》は小椋健司《おぐらけんじ》と午後から木材屋に行くと言っていたよ。島野雪路《しまのゆきじ》は風邪が治り切っていないから、もう少し休むそうだ」

ヴィクトールが引き戸の鍵《かぎ》を開け、杏に中へ入るよう促《うなが》す。

今日は換気をしていないためか、むっとした空気をいつもより強く感じた。目に見えない粉塵《ふんじん》と塗料《とりょう》の臭《にお》いがプレハブ内に充満しているような感覚を杏は抱《いだ》く。そこには埃《ほこり》や機械の油の臭い、生木の香りも混ざっている。いい臭いではないのに、不快とも思わない。

（うちの工房って、おもしろい）

杏は視線を巡《めぐ》らせる。壁にたくさんの木材が立てかけられていたり、棚《たな》に木ぎれが詰め込まれていたりするのはどこの工房も同じだろうが、ここは奥のスペースに木製の帆船が鎮座《ちんざ》している。小さなものではない。軽トラックに匹敵するほどのサイズだ。ヴィクトールを始めとした、ここの職人たちが仕事の合間に趣味で製作しているのだという。……この間見た時よりも、帆の形が整ってきている。着々と完成に近づいているようだ。

窓から入る夕方の強い日差しが帆船に降り注ぎ、ちょっと風情《ふぜい》ある眺めになっているのがまた、おもしろい。

ただ、帆船のそばに置かれている、『ヴィクトール専用の椅子』が杏は苦手だ。

彼が精神的に不安定になった時に鬱々《うつうつ》と座るハイバックチェアだが、造りがなんだか不気味に感じられる。かなりの年代物で、肘掛《ひじか》けはない。高めの背もたれには、ねじれのデザインが見られる。

その、背もたれ部分には、びっしりとヒビが入っている。デザインの一部なのかもしれないが、杏にはそれがどうしても不吉に思える。椅子に使われている塗料も単純な経年劣化《れっか》というよりは、まるで手垢《てあか》で変色しているように見える。

今、ヴィクトールがこの不気味な椅子に座ったらどうしようと杏は少し不安になった。だが、それは杞憂《きゆう》に終わった。彼は壁際の木棚に近づき、そこをしばらくじっと見つめた。

(他の人の作品を見て、なにか製作したくなったのかな?)

なぜ杏までこちらへ連れてきたのか謎《なぞ》に思うが、本当に製作するつもりなら一人で集中したいだろう。杏は静かに帰ったほうがいい。そう決めて外へ出ようとした時、ヴィクトールが棚から一枚の板を引き出した。杏の背丈《せたけ》ほどもある大きな板だ。

木材は、意外と重い。厚みや幅《はば》にもよるが、長さが一メートルを超えてくると、女性一人では運搬《うんぱん》が困難になる。だが、板を中央に置かれている作業テーブルに移動させるところまでは、非力な杏でも手伝えるだろう。

杏はさっと駆け寄って、板の端を支えようとした。ヴィクトールはこちらを見て微笑《ほほえ》むと、「大丈夫、そこまで重くないよ」と言って、その言葉通りにひょいと板を持ち上げ、作業テーブルの上に載せた。

板材は加工前のもので、切断されておらず、面も角もざらざらしている。辺の片側には樹皮も残っている状態だ。

「こういう、手が加えられていない切り出したままのものを、無垢材《むくざい》っていうんですよね」

ちゃんと学んでいるぞアピールをして杏が胸を張ったら、ヴィクトールが「ふっ」と息を吐いて笑った。

「そう。無垢材。ありのままの木材はまだ、ちょっと素っ気《そけ》ない印象があるよね」

「確かに、いかにも粗削《あらけず》りって感じですね」

杏は、尤《もっと》もらしく答えた。

「ここから木材に色々な表情を作ってあげるってわけですね！」

「うん」

「でも木材の中には加工しないほうが、味が出るという、いわば『自然派』って印象のものもあるんですよね。逆に、きっちり整えてあげないと野暮《やぼ》ったいものもありますね。木材は人間みたいに個性的です」

「君の言う通りだ」

ヴィクトールは、杏の知ったかぶりがおかしいのか、会話の途中でたびたび笑い声を上げる。自分の無知っぷりに気恥ずかしくなるが、ヴィクトールが杏との会話を楽しんでくれているのなら、なによりだ。

「この木材は白っぽい色味をしていますね。なんの木ですか？」

「バーチだよ」

「バーチ？　……小林さんたちの工房にあった、ピアノと同じ材質ですか？」

彼の返事に杏は驚き、じっくりと木材を見つめた。真っ白ではなく、ほんのりと黄味がかっているやわらかな色合いだ。『イロドリクラフト』で深みのあるワイン色のピアノを見たあとだからか、そう教えられてもすぐには頭の中で同種の木材だと結び付かない。

「バーチって、素の色はこんなに優しいんですね。もっと、こう……堅い？　ぎゅっと詰まった重厚な感じの木材だと思っていました。かちっとした英国紳士！　みたいな」

でもこの板は、どちらかというと、木漏《こも》れ日《び》の似合いそうな優しい女性のイメージだ。

感心しながら木材の表面を撫《な》でると、ヴィクトールがまた、笑った。人類嫌いを自称しているが、彼はけっこう杏に笑顔を見せてくれる。それに最近は、こういう飾らない笑い方をするようにもなった。

「杏は物への触れ方があたたかいよね」

「えっ、そ、そうですか？」

これは間違いなく、褒《ほ》め言葉だ。杏は嬉しくて笑いそうになるのをこらえようと、「平常心！」と何度も心の中で唱《とな》えた。

ヴィクトールが表情を生真面目《きまじめ》なものに変えて、杏を見る。

「だから俺は、誰かに奪われる前に、杏の一番目の男になろうと思う」

「ヴィクトールさん、本っ当に色々と台無しですよ」

杏はすっと表情を消した。情熱的な告白のようだが、違う。恋愛的な意味での一番目という意味ではない。

（この人はまだ、私が初めてのカッティングボード作りをよその工房ですませたことを根に持っているのか……）

そういえばヴィクトールは案外負けず嫌いなんだった。今日の展覧会だって「うちの工房が一番」と杏に言わせたいがために、同行している。

「台無しになんかしない。俺が君に、まずシンプルなスツールを作らせてあげよう」

……いや、本当に本当に、台無しだから！

自分の予想が外れていなかったことを喜ぶべきか、嘆《なげ》くべきか、迷う。

「……ってヴィクトールさん、今からスツール作りを始めるんですか？」

それで店ではなく工房へ杏を連れてきたのか。

「椅子はいつ作っても楽しいよ」

ヴィクトールのズレた返事に、いやそうじゃなくて……と思ったが、杏は次第に楽しくなってきた。

（出会ったばかりの頃の、つんけんしたヴィクトールさんが嘘のようだ）

椅子を作らせてくれるなんて、これはもう杏を仲間の一員と認めてくれているのではないか。

「はい、それじゃあ、不出来な弟子ですがよろしくお願いします、先生」

杏が、芝居がかった仕草で頭を下げると、ヴィクトールは目を瞠《みは》ってから明るく笑った。

「もちろんだ。俺に任せてくれればいいよ」

今日のヴィクトールは、いつまでも眺めていたくなるくらい生き生きしている。

（好きになって、よかったなあ！）

杏は唐突にそう思った。そして恋をした自分を、称《たた》えてやりたくなった。私はきっと、見る目がある！

「俺はね、杏にはずっと、白樺《しらかば》が合うと思っていたんだよ」

ヴィクトールは、熱に浮かされたような声で言う。

「白樺？　私に？」

ヴィクトール流のたとえ方に、杏は戸惑った。

これは……褒められていると受け止めていいのだろうか？

「カバ材と言っても、白樺はあまり使われることがないが……木肌が緻密《ちみつ》で、美しいんだ」

「そうですか……」

杏は頬に手を当てて俯《うつむ》いた。……褒められている、気がする。

「これは残念ながら白樺じゃないけれど、上品で、木目が整っている。丁寧に削《けず》れば、ニスを塗《ぬ》ったような艶《つや》も出る。カバ材の中でも、特に端整なものだ」

そう言うと、ヴィクトールは仔猫《こねこ》でもかわいがるような手付きで木材に触れた。杏はまるで自分がそんなふうに触れられている気になり、ますます頬が熱くなる。

「素朴《そぼく》さを押したいなら、樹皮を残した状態で作ってもいい。優美に仕上げたいなら、やっぱり削ったほうがいいかな」

ヴィクトールこそ、物への触れ方が優しいと思う。見ていて、快《こころよ》い。

「前にも、君の頭蓋骨《ずがいこつ》の幅は、譲《ゆず》ってもらった若い白樺の幹と同じだなと思ったんだ」

「なんて？」

杏はついうっとりと聞いていたのだが、突然の「頭蓋骨」というパワーワードに我に返った。

冷静に考えれば、彼が手放しで褒めちぎっているのは杏自身ではなく、木材だ。

「初めてスツールを作るんなら、白樺だと少々作りにくい。癖《くせ》がある。だから代替案で、こっち。でも、これも木肌が白めで素晴らしいからね」

「あの、頭蓋骨って……いえ、私、きっと失敗して駄目にする予感があるので、できれば最初は合板とかの安価な板で作ったほうがいいと思います」

合板とは、薄い板を数枚張り合わせた板のことだ。ホームセンターなどでも手軽に購入できるし、加工しやすい。

「料金は取らないから安心しなよ」

ヴィクトールがおもしろそうに言う。

「あっ、いえ。このカバ材ってヴィクトールさんが褒めるくらい素敵な木なんでしょう？　失敗して使い物にならなくなったらなんだか……寂しいじゃないですか」

もったいないとか、可哀相というのとは、なにか違う。うまく作れず落ち込む未来の自分の姿が切ないのか、それとも落胆《らくたん》を押し隠すヴィクトールの姿を見るのが切ないのか。

杏は自分の感覚を的確に表現できず、もどかしくなった。

「私が駄目にするくらいなら、綺麗に作れるヴィクトールさんが別の作品にしてあげてください」

素人《しろうと》の自分にはまだ早すぎる。認めるのは少し抵抗があるが、あまり手先が器用なほうではない。もっと安価な板で試して、ある程度うまく作れる自信がついたらそうした良質な木材でチャレンジしたい。

「……台無しにはしないよ。俺が教えるんだから」

ヴィクトールは、先ほどと似たようなことをもう一度言った。だが先ほどより、もっと口調がやわらかい。

「スツールはパーツ自体も少ないから、難しくもない」

それならできるかな？　と杏は気持ちが傾いた。乗せられやすい性格だと言う自覚はある。

『安価な板で試すのもかまわないけれどね、『失敗してもいいんだ』と思いながら作ると、どこかで気が緩《ゆる》むし、簡単に妥協《だきょう》してしまう。『これは丁寧に作らないと』って、気を引きしめて挑むほうが、たとえ失敗しても自分のためになる……と、俺は思うよ」

ヴィクトールは優しい口調で言うと、はにかんだ。

「それに君に、最初は、いい思いをさせたいじゃないか」

杏は目を丸くした。

「作りながら、これは魅力的な木だな、手をかける価値があるな、と楽しんでほしい。自分の手で、どんどんと形が仕上がっていく過程を見るのは、きっと思った以上に達成感があるよ」

耳を傾けながらじっとヴィクトールを見つめると、彼は杏の視線を受け止められなくなったように目を伏せた。顔にはまだ困ったような微笑が浮かんでいた。

「だから、あれだ。最終的に俺と作ってよかった、また作りたいと思うようなものを、最初に渡したいんだよ。これでいいかな？」

初めは歯切れ悪く、徐々に早口に、最後は少し怒ったような口調になっている。

杏はやっと飲み込んだ。ヴィクトールも、杏がどう感じるのか、不安を持っている。それ以上に、楽しませたいという希望を抱《いだ》いてくれている。

（素敵な木だから私に勧めたんじゃなくて、『私』だから素敵な木をあげたいと、思ってくれたんだ）

ヴィクトールが、愛する椅子よりも杏を優先した。そのことに気づいて、杏はひっくり返りそうになるくらい驚いた。意図せずヴィクトールを強く見つめる。

「君はどうしていつもそんなに俺を見る？　視線がドリルのようだよ」

ヴィクトールが落ち着かない様子で言った。杏は、はっとし、視線を落とした。全身が痺《しび》れるような感覚に晒《さら》されていた。

「カバ材でいいよな？」

念を押すヴィクトールに、杏は「はい」と小声で答えた。

「十年、二十年後も使えるよう、しっかりとした造りにしよう」

「はい」

杏はもう一度、夢見心地でうなずいた。

てっきり既存のデザインを流用するのかと思いきや、杏の希望を可能な限り取り入れてくれるとのことで、一気にテンションが上がった。

けれど張り切って、北欧っぽく鳥や花のモチーフを加えたい、と案を出したら、ヴィクトールに却下《きゃっか》された。

「……。私の希望を取り入れてくれるんじゃなかったんですか？」

どういうことだ、と杏が言外に咎《とが》めたら、それ以上の冷ややかな視線が返ってきた。

「本性を出したな。君もやっぱり北欧至上主義者だ」

「本性って」

「俺は女子の言う『かわいい』と『北欧』を信じない」

彼はなにと戦っているのだろうか。

杏は胡乱《うろん》な目をしたが、ヴィクトールが次になにを言うのかなんとなく想像がついた。「北欧を選ぶんだな、浮気者」とか、言いそうだ。

「それじゃあ、実用的で、なおかつどんなタイプの部屋にも合いそうな、シンプルながらも野暮《やぼ》ったくない感じのデザインで！」

要求は多いのにその実、なんの具体的な案も出していないという厄介《やっかい》な希望だ、と杏は口にしたあとで気づいた。

「ふうん？」

だがヴィクトールは、指を唇に当てると、楽しげな顔をする。

（職人の技を見せてもらいましょう！）

杏は期待をこめて彼を見つめた。

「君は十七歳だっけ？　なら、身長がこの先、急激に伸びることはないよな。今の身長に合わせた高さの座面で大丈夫だね」

「ヴィクトールさん、座面の裏にでもいいので、うちのお店のロゴマークを入れたいです！」

「いいけど、なぜ？」

「遠い未来で私の椅子がアンティークになった時、誰かがロゴマークから、歴史を紐解《ひもと》いてくれるかも！」

ヴィクトールは驚いたように目を瞬《しばたた》かせると、弾《はじ》けるように笑った。

「ああ、それはいい。――うん、君の椅子をアンティークにするために、入れよう」

あれこれと話し合いながらノートにデザインを書き起こし、工房内のモデルもひとつひとつ確かめて、決まったのは結局シンプルな長方形の座面のデザイン――ながらも、座面に少しカーブを入れて座りやすくしたり、腰掛けた時に膝の裏の当たりがソフトになるよう、辺の角を緩く傾斜《けいしゃ》させていたりと、あちこちに工夫を施《ほどこ》したものになった。

果たして本当に作れるだろうかという自分の技量のなさに対する不安はともかく、ヴィクトールがざっと描いたデザインだけで判断するなら、普通に販売されていてもおかしくないどころか、かなりいい仕上がりになりそうなスツールだ。年代を選ばず好まれそうでもある。

今日のところはおおよそのデザインを決めるだけで、パーツの正確なサイズはヴィクトールが計算してくれるという。次のバイトの時、サイズ測定用のサンプルチェアに座ってから数値を割り出すことになった。

「ヴィクトールさん、すごく楽しみです！」

帰り支度《じたく》をしながらはしゃぐ杏に、ヴィクトールがまた笑う。

(今日のヴィクトールさんは、笑顔の大盤《おおばん》振る舞いだ)

嬉しくて気持ちがいっこうに落ち着いてくれない。そろそろ自制しないと、と杏は頭の隅《すみ》で考える。杏が目指すのは、ヴィクトールの隣に並んでも遜色《そんしょく》のないような、できる大人の女だ。

「じゃ、先に外へ出ていてくれるか？　明かりを消す」

ヴィクトールに促《うなが》されて、杏は言われた通り、先にプレハブの外へ出た。

時刻は十八時を回ったところで、いつものバイト終了時間よりは早い。だが既に空は、薄《うっす》らと夜の気配に包まれている。ここらは街灯が少ないので、日が傾くとあっという間に夜が駆けつけてくる。

「……あれっ」

深く呼吸した時、見覚えのある小さな影を発見し、杏は目を見開いた。

ブルーシートに包まれた木材の山のそばに、『イロドリクラフト』の前で撫でたトイプードルがちょこんとおすわりしている。

別の仔犬だろうかとも思ったが、毛色も大きさも、尻尾《しっぽ》の形も同一に見える。

「おまえ、まさか私たちのあとをついてきたの？」

身を屈《かが》めて撫でたあとで、しかし、杏はおかしいと気づいた。

杏たちは、徒歩でこちらへ戻ってきたわけではない。ヴィクトールの車に乗ってきたのだ。この仔犬が、車と同じ速度で走り続けて追ってきたとはとても思えないが……どうやってここに来たのだろう。

「おまえはイロドリさんのところの子？　首輪に住所とか書いてないかな……、ちょっと見せてくれる？」

遊んでくれると勘違いしたトイプードルが、わふっと杏の手に前脚を乗せる。ふわふわの感触に、杏は笑いをこぼした。

「こら、違う違う。お手じゃなくて、首輪を見せて」

トイプードルは、身を屈めている杏の膝に脚を上げ、尾を振った。

（かわいいなあ。私もいつか犬と暮らしたい）

ぬいぐるみのような感触の毛を両手で撫でて、杏はにやける。外気に晒《さら》されていたせいか、トイプードルの毛並みはひやっとしていた。

「人懐っこい子だね。ほら、首輪。見せて」

「――杏？　なにをしてる？」

背後から、プレハブ内の明かりを消して戸を施錠《せじょう》したヴィクトールが声をかけてきた。

杏は屈んだ状態のまま、振り向いた。

「ヴィクトールさん、どうしましょう。この子、イロドリさんのところからついてきちゃったみたいなんですけど……」

「この子って？」

こちらへ近づこうとしていたヴィクトールが足を止め、目を瞬かせる。

「仔犬です。トイプードルだと思います」

――と、視線を正面に戻し、杏は言葉を失った。

いない。

一瞬前までここにいて、撫で回していたはずのかわいいトイプードルが消えている。

「えっ……？　逃げちゃったのかな？」

そう不思議がりながらも、背筋に寒気が這《は》い上《あ》がってくる。

「ここに、トイプードルが……」

よろよろと身を起こす杏を、ヴィクトールが真顔で見る。

「いや。いないよ」

「さっきまでは、いたんです」

主張する自分の声が、震えている。

だって本当に、いた。ふかふかした毛の感触もまだ手に残っている。それに、ひやっとしていた。そういえば『イロドリクラフト』の前で撫でた時も、あまりぬくもりを感じなかったような――。

「いない」と、ヴィクトールが掠《かす》れた声で否定する。

「君はいきなり、身を屈めて独《ひと》り言《ごと》をこぼし始めたんだ」

杏たちは、少しの間、言葉もなく見つめ合った。

（そんなはずは――じゃあ私はいったい、今ここでなにを撫でていたの？）

秋の匂いを孕《はら》んだ風が、二人の間を通り抜ける。

そして二人は同時に自分の腕をさすった。

「……さっ、寒くなってきましたね、さすがにこの時間になると！」

杏は強引にごまかそうとした。だが、怖がりなくせに理屈っぽいヴィクトールは、自分の胸にわいた疑念から目を逸《そ》らすことができなかったようだ。

「君、もしかして『イロドリクラフト』の前でも、そのトイプードルとやらを見たのか……？」

「きっとよく似た別の犬ですよ！　……え、待って。『もしかして』ってなんですか？」

杏は笑い飛ばそうとして、失敗した。

聞かないほうがいいと痛いほど感じているのに、杏もまた、彼の言葉に含まれた不吉なニュアンスの意味についてを確かめずにはいられなかった。

「ヴィクトールさんも、イロドリさんの前でトイプードルを見ましたよね。見たと言ってください」

「見てない」

「見ましたよね⁉」

ヴィクトールは、か弱く首を横に振った。杏は絶望した。

「俺はあの時、てっきり君が靴擦《くつず》れでも起こして屈み込んでいたのかと思ったんだ。それで、大丈夫かと心配していたのに、なぜかにやにやしていただろ。杏って本当に変わった子だなと……」

誰よりも風変わりなヴィクトールから変人と思われていた事実に杏はショックを受けたが、それよりも重要なことがある。

「ヴィクトールさん」

「やめろ」

「まだなにも言っていません……」

二人は青ざめた。

「ひょっとして私、拾ってきたんでしょうか、迷子の仔犬を……」

杏は、悪あがきをした。そうだ、迷子の仔犬だ。――迷子の『生きている』仔犬。そうであってほしい。

「君、本当にいい加減にしろよ。うちでは幽霊犬なんて飼えないから、もとの場所に戻してきなさい」

ヴィクトールが真顔で叱《しか》った。落ち着いた声音だが、その内容で心の混乱具合がわかる。

(ああヴィクトールさん、とうとう言っちゃった。幽霊って)

杏は観念し、細い声で尋ねた。

「もとの場所って、この場合はどこになるんでしょう……?」

天国?

死んだ場所?

再度の沈黙が押し寄せる。先ほどよりも冷たい風が、二人の足元に吹き付けてきた。

「――杏」

ヴィクトールが厳粛《げんしゅく》な雰囲気《ふんいき》で呼びかけてきた。杏も重々しくうなずいた。

「はい」

「買い物行こうか」

「そうですね。スーパー？　デパート？　コンビニ？」

杏たちの心は今、ひとつになった。

塩を買い占めたい。

「片っ端から行ってみよう」

「いい案ですね」

その後、杏たちは無言でヴィクトールの車に乗った。

ヴィクトールが大きく息を吐き、エンジンをかけようとする。だがその直後、なにかに気づいた様子で舌打ちした。

「悪い、工房にさっきのデザインノートを忘れてきた」

「……私が取ってきましょうか？」

「……いや、いい。でも君、ここから絶対に動くなよ」

「フラグですか」

「やめろ、フラグじゃない。すぐに戻ってくる。でも、もし異変が起きたら……犬を見かけたら、声を上げるんだ」

「わかりました」

ヴィクトールが車から降り、早足でプレハブへ近づく。ノートを取ってくるだけなら、プレハブに入って、出てくるまで数十秒程度。その短い時間で、まさかなにかが起こるわけもない。

そう信じたい。杏は祈りながら、プレハブの戸の鍵を開けようとするヴィクトールの背中を見守った。……いや、待て。一緒に行けばよかったのではないか？　杏はそう気づいて、慌てて助手席のドアを開けようとした。人はこれをフラグと言うのだと、杏は後に理解する。

「――ちょっとつかぬことをうかがいますが、私の犬を見かけませんでしたか？」

車の外へ出ようとして、突然、背後から声をかけられた。

杏は一瞬硬直したあと、勢いよく振り向いた。

後部座席に、にこにこした見知らぬ男性が座っていた。年齢は八十歳前後だろうか。グレーの髪はふんわりとオールバックにしている。薄茶色のニットベストに白シャツ、焦《こ》げ茶のパンツという恰好《かっこう》だ。なんというのか――ずいぶんと陽気で友好的な雰囲気だったので、杏は困惑した。叫ぶに叫べない心境だ。

「このくらいの大きさの、かわいい茶色の犬なんですけれどもね。目を離した隙にいなくなっちゃって。どこへ行ったのかねえ」

男性は笑いながら言った。杏は、左右の口角が三日月《みかづき》のように吊《つ》り上《あ》がっている男性の顔を茫然と見つめた。

「ああ、困った、困った。どこに行ったかなあ」

「――それって」

トイプードル？

言葉が喉の奥に張り付いて、出てこない。

男性の陽気な笑顔が逆に恐ろしくなってくる。

目を逸らさずに、杏はドアから逃げようとした。だが、開かない。おかしい、開けたはずだ。いや、まだ開けていなかった？

男性が、三日月形の口のまま問う。

「見ませんでしたか」

「いえ、その」

尋ねる男性の口は、よく見るとその形で固まっており、動いていない。

「探してるんですよ」

「――」

杏は、目眩《めまい》を起こしたように、くらりときた。

「見ませんでしたか」

「探してるんですよ」

「見ませんでしたか」

「見ませんでしたか」

男性は、杏に答える余裕を与えず、何度も執拗《しつよう》に尋ねた。壊れた人形のように、見ませんでしたかと繰り返す。杏の身体の中に「見ませんでしたか」が、反響する。頭ががんがんとした。

息も苦しい。視界も急に狭《せば》まった気がする。

「――み、見てません」

杏は恐怖と息苦しさから逃《のが》れたくなり、とっさに嘘をついた。

「嘘だ。見たな?」

男性はスイッチを切り替えたように、感情のこもらない低い声で言った。

背筋に寒気が走る。その直後だ。

コンッと、杏の乗る助手席側の車窓が叩かれた。

杏は小さく悲鳴を上げ、ぎゅっと身体を縮めて窓に顔を向けた。

「……杏?」

窓を叩いたのは、デザインノートを片手に持っているヴィクトールだった。

窓越しに彼を見つめたあと、後部座席にすばやく視線を向ければ、もうそこには誰もいなかった。

(今、そこにいたのに)

あの、張り付けたような三日月形の口元を思い出し、再びぞっとする。

だが、おかしなことに、どんな顔立ちをしていたのか、少しも思い出せない。

髪はグレーだった気がする。頬はふっくらとしていた? 痩《こ》けていた? 目は大きかった?

どうしてなのか、不気味な口の形しか記憶にない……。

（そんな――）

杏は乱暴に助手席から飛び降り、ヴィクトールにしがみついた。

「……フラグか？」

しばらく絶句していたヴィクトールが、おずおずと尋ねた。杏は無言でうなずいた。

ヴィクトールは、以前のようにハンズアップすると思いきや、躊躇《ためら》いがちに杏の背に腕を回し、宥《なだ》めるようにぽんぽんと叩いた。

そしてこの日から、杏のまわりをトイプードルと男性の霊が頻繁《ひんぱん》にうろつくようになった。

5

「さっきまで、ここにいたんです」

杏《あん》はカウンターテーブルに置いた湯呑《ゆの》みにホットの緑茶を注ぎながら、そう説明した。

それに対して「ふむ」と考え深げにうなずいたのは、カウンターチェアに腰掛けているダンディな雰囲気《ふんいき》の男性だ。年は八十歳前後で、すっきりとしたオールバックのグレーの髪、薄茶色のニットベストにシャツという落ち着いたスタイルである。

「あの子は好奇心旺盛《おうせい》でねえ。ちょっと目を離した隙にいなくなるんだ。これまでに何度、探し回る羽目になったか……。やあ、困ったなあ」

男性は、困ったとこぼしつつも優しい目をして微笑《ほほえ》んでいる。

彼の言うあの子とは、人間ではない。

茶色い毛並みのトイプードルのことだ。

「人懐っこくてかわいい子ですよね」

杏は、もふもふとしたつぶらな瞳のトイプードルを思い出しながら、湯呑みを男性の前へ移動させた。男性は唇の端に笑い皺《じわ》を刻んで、湯気の立つ湯呑みを楽しげに見つめた。が、それに手を伸ばそうとはしない。

「だろう？　自慢の子なんだ。……あのやんちゃぶりには手を焼いているけれども」

「ふふ、きっと元気にこの近くを駆け回って冒険しているんだと思いますよ」

杏の言葉に、男性は目尻を下げて相槌《あいづち》を打つ。

「うん、そうだ。きっとそうだねえ。あの子は人懐っこいところがある。道ゆく人に愛想を振りまいてあちこち走り回っているんだろう。だがもうそろそろ帰る時間だ。探しに行かないとならんよ」

「もしもまたあの子をどこかで見かけたら、お知らせしますね」

「ありがとう、助かるよ」

男性は礼を述べると、笑みを深めた。

そして次の瞬間、煙《けむり》のようにすうっと消えた。

杏は少しの間、カウンターテーブルに置いた湯呑みを見つめると、はー、と深く息を吐き出した。淹《い》れたばかりのはずなのに緑茶の湯気はもう消えている。不自然なくらいに早く冷めているのがわかる。

気持ちをいくらか落ち着かせたのち、湯呑みを片付けようと杏は手を伸ばす。が、ふと視線を感じて顔を上げる。

いつからそこにいたのか、店のオーナーたるヴィクトールがフロアに並べているアンティークチェアのひとつにしがみつき、幽霊でも見るような目をこちらに向けていた。

いや、決して比喩《ひゆ》ではない。

確かに、ほんの一瞬前までこの場に幽霊がいた。

「お疲れ様です、ヴィクトールさん」

杏が軽く頭を下げると、ヴィクトールはアンティークチェアにしがみついた体勢のまま目を剝《む》いた。

「待て待て君、なにを平然と挨拶《あいさつ》している？　色々とおかしいじゃないか、なんでにこやかに独《ひと》り言《ごと》を口にしながら飲み物の用意をしていたんだ？」

矢継ぎ早に問われ、杏はわずかに気圧《けお》された。数秒黙り込み、ああ、と遅れて納得する。

「そっか。ヴィクトールさんは見えていなかったんだ」

杏が不用意に漏らしたその一言に、彼は身を強張《こわば》らせて絶句した。

どうやらヴィクトールの目には、先ほどの幽霊――飼い犬のトイプードルを探すダンディな男性の姿が映《うつ》っていなかったらしい。ヴィクトール視点だと、杏は一人で会話をしながらお茶の用意をしていた危ない人間でしかない。

（そう考えると、恥ずかしいな……）

と、俯《うつむ》く杏に、硬直がとけたヴィクトールが再び真面目《まじめ》に突っ込む。

「違うだろ、そこは恥じらう場面じゃないだろ！　あ、まさか今、そこに誰か座っていたのか」

彼の掠《かす》れた声を聞いて、杏は「私の精神状態を怪しむ前に幽霊が出現したかどうかを問うようになったあたり、ヴィクトールさんもずいぶんと心霊現象に慣れてきたな」と、本気で感心した。

質問に答えようとする杏を、彼は、はっとなにかに気づいた顔をしてすばやくとめた。

「待て。まずこの問いに答えてくれ。……もしかして今もまだ、そこにいるのか？」

「いえ、もう消えましたので安心してください」

「どうやって安心しろと言うんだ。もっと言葉を吟味《ぎんみ》して会話しろよ」

ヴィクトールは理不尽な主張を杏にぶつけると、慎重《しんちょう》に慎重を重ねたような動きでカウンターに近づいてきた。湯呑みを置いた位置から最も遠いチェアに座る。

「俺の精神が壊れる前になにかあたたかい飲み物をくれる？　……念のために確認するが、その湯呑みを俺に使い回すような真似はしないよな？」

警戒心たっぷりの硬い表情でヴィクトールが問いかけてくる。

「しませんよ！　だってこれ、淹れたばかりなのに一瞬で湯気が消えたんですもの」

杏は、そっと湯呑みに触れながら答えた。

「幽霊が出現すると、よくその一帯限定で気温がぐんと下がりますよね。それが原因であたたかい飲み物も急激に冷やされたんじゃないかな、って思うんです」

「ふざけるなよ、世界で一番不要な考察だとは思わないのか？」

ヴィクトールに本気で睨《にら》まれたので、杏は愛想笑いを浮かべてごまかした。ささっと珈琲《コーヒー》の準備に逃げる。

「くそ、なぜ俺はあれこれと余計なことを考えずにはいられないんだ。どうしても杏は幽霊相手にお茶を出して楽しく雑談していたとしか思えない。……だめだ、死にたい。思考をとめる確実な方法は、俺自身がこの世から消滅すること以外にないのか」

彼は呪《のろ》わしげに呻《うめ》くと、荒っぽい手付きでぐしゃぐしゃと自分の髪を掻《か》き乱《みだ》し、カウンターテーブルに突っ伏した。

「死なないでください！　……それに私だって、そこまで楽しく雑談していたわけじゃないですよ」

珈琲の粉をセットして杏が抗議すると、ヴィクトールはぐったりと顔を伏せたまま、「気にかけるのはそこじゃない……」と言って片手でテーブルを叩いた。その小さな動きに合わせて髪もかすかに揺れる。彼の髪は淡い金色だ。天井の照明の光をちらちらと弾《はじ》いていて、その様子が無意識に見つめてしまうくらい美しい。

九月も下旬に差し掛かり、日中であってもさすがに半袖《はんそで》ではすごしにくくなってきた。杏の着用している店の制服も先週のうちに長袖のワンピースに変更した。ヴィクトールのほうも、深いワイン色の長袖トップスに黒いパンツを合わせている。袖口や肩に木屑《きくず》が付着しているところを見ると、どうやら今日はこの時間までずっと工房に詰めて椅子作りに励《はげ》んでいたようだ。

杏は目立つ木屑をいくつか指先で静かに払ってやってから、湯を注いだ珈琲を蒸らした。待つ間に、本日こっそりと店に持ち込んだクリームビスケットを何枚か皿に載せる。

「……あのな、まず幽霊と雑談すること自体があり得ないと理解しろよ」

幾分《いくぶん》立ち直ったヴィクトールがゆらりと顔を上げて、クリームビスケットに手を伸ばした。

彼は甘党だ。逆に、辛《から》いものが苦手。珈琲も、あまり酸味の強い種類は口にしない。

「処世術です」と、杏は真剣に答えた。

「おかしい。本当に君、おかしい」

彼は口の中にクリームビスケットを押し込みながら杏を詰《なじ》った。

「でもですよ、ヴィクトールさん。前に工房の前で見た、トイプードルを探す男性の幽霊がこうも頻繁《ひんぱん》に現れて親しげに話しかけてきたら、もうお茶の一杯でも出さなきゃいけない気分になるじゃないですか」

珈琲カップを用意しながら反論する杏に、ヴィクトールが胡乱《うろん》な目を向けてくる。

「今日最も知りたくなかった情報だぞ、どうしてくれるんだ。……なんだと？　この間見たトイプードルと男の霊だって？　……展覧会の日の？」

「はい、そうです」

杏も、きっとヴィクトールは怖がるだろうと思ってこの話を伏せてきたのだ。ついに本日、知られてしまったが。

事の始まりは、『おしゃべりな椅子たち』という題名の展覧会。杏とヴィクトールは先日、職人の一人である室井武史《むろいたけし》の知人、小林《こばやし》夫婦が開催したその展覧会に足を運んだ。展覧会には題名の通り、様々なデザインの椅子が飾られていた。

小林夫婦の息子の春馬《はるま》とも知り合い、ひと騒動あったわけだが——問題はその後である。

杏とヴィクトールは展覧会を楽しんだあと、自分たちの店の工房へ戻った。そこで、杏の初めてのスツール作りの準備をし、さあ帰ろうとなった時、工房の外にかわいいトイプードルがいることに気がついた。毛並みのもこもこしたその犬は、展覧会の会場でもあった小林夫婦の工房『イロドリクラフト』でも目撃していた。

まさかこちらの工房までついてきたのかと驚いていたら、飼い主らしき男性までもが現れた。

ただし彼は、この世のものではなかった。

愛らしいトイプードルもまた、飼い主同様に霊だった。

展覧会の日以来、杏の前にトイプードルと男性が交互に現れるようになった。だが不思議と彼らは、同時に姿を見せることはなかった。

最初のうちは杏も恐怖し、塩を買い占めたりお守りを握りしめたりしていたのだが、人間の順応能力は侮《あなど》れない。

「なんていうか……その男性とトイプードルと会うことに、慣れてきちゃったんですよね」

杏は微妙な表情を浮かべてぼやいた。

ヴィクトールは杏以上に微妙な顔つきになり、「変なことに慣れるんじゃない」と窘《たしな》めた。

「私ももちろん怖かったですよ！　現れるたびにしつこく『犬を見てないか』って聞かれるし！　それも、塩を替えるタイミングを狙《ねら》って現れるんですよ」

話を聞くヴィクトールの顔からどんどん表情が抜け落ちていく。

「男性が現れない日は、トイプードルがいつの間にか足元にいたりするんですよね。同じ時間に現れてくれたら問題が解決するのに、どうして交互にやってくるのかなあ！」

杏は憤慨《ふんがい》した。幽霊の時間は、平行線上にないのだろうか。同一の世界線のようでいて、実は指一本ズレた次元に存在しているとか？

「お茶も、アレです。一種のお供《そな》えみたいな意味もあるんです。早く彼らが再会できますようにって願掛けしてるんですよ」

「するなよ……」

「でもその地道な願掛け効果で、男性がフレンドリーになってきたんです。お茶も、幽霊だから飲めはしないんでしょうけれども、嬉しそうにしてくれます。初めてですよ、こんな体験！」

杏が珈琲カップを差し出しつつ力説すると、ヴィクトールはカウンターに肘《ひじ》をついて両手を組み合わせ、眉間《みけん》に皺を寄せた深刻な表情で目を瞑《つぶ》った。

「俺はどうすればいいんだ。杏の日常の境界が、本格的に歪《ゆが》んできている」

「怖いことを言わないでください。でもヴィクトールさんだってラップ音や金縛《かなしば》りとかで脅《おど》かされるよりは、フレンドリーに接してもらうほうがよくないですか？」

「前提として、まず霊と関わりたくない。そもそも普通は関わることがない」

即座に切り返され、確かに、と杏も我に返った。

「ですがもうこの男性は、飼い犬と再会できる時まで私の前に現れ続ける気がします」

彼の成仏《じょうぶつ》条件は、飼い犬のトイプードルとの再会ではないだろうか。

「いくら杏でもそんな馬鹿な真似はしないと思うが一応、忠告しておくぞ。手っ取り早く再会させるために、たとえば犬の霊を見つけた時、次に男の霊が現れるまでその場に留まらせようとするなよ」

「……ヴィクトールさんって、どうしてそんなに私の行動が読めるんですか？」

杏は複雑な気持ちになった。

ヴィクトールは片手で目元を覆《おお》い、瞼《まぶた》を揉《も》んだ。

「嘘だろ……既に実践《じっせん》済みなのか？　嘘だと言え」

「死にそうな声を出さないでください！　だって彼らはいつも交互に現れるんですよ。どっちかが先に現れたら、なるべく時間を引き延ばして、もう片方がやってくるまで待たせようと、これでもがんばっているんです。お茶出しだってお供えの意味だけじゃなくて、こういう理由のためでもあるし。トイプードルが先に現れた時のことも考えて、ええと……ほら。犬用のお菓子も準備してます！」

杏はそこで身を屈《かが》めると、カウンターの内部側に作られている引き出しから骨形のガムを取り出した。

ヴィクトールはきつく目を瞑ったまま、「俺が身も心も生粋《きっすい》の外国人だったなら、ここで間違いなくオーマイゴッドと嘆《なげ》いている」と、冗談なのか本気なのか判断がつきかねる発言をした。彼は、髪は金色だし瞳は胡桃《くるみ》色だ。日本人とは異なる肌の白さを持っていて、見た目のみなら外国人そのものなのだが、高校生の杏よりも英語力がないという。

「再会作戦は、その努力も虚《むな》しく一度たりとも成功してないんだろ」

「そうですけど……」

「本当に君、日常が幽霊に侵食《しんしょく》されつつあるぞ」

瞼を開いたヴィクトールが、案外真面目な顔つきで言った。

「やめてくださいってば。……でも私、たまにですけどこの頃、『今の人って……どっち？　幽霊？　人間？』って悩む時があるんですよね」

杏はつい、ぽろっと不安を打ち明けた。「ツクラ」で働くようになってから、「誰が生者で死者なのか」と混乱した経験が何度かある。

「この間も——たまにふらっと訪れる外国人のお客様がいるんですが、声をかけようとすると、すっと離れて、気がつけば店からいなくなっているんですよ」

杏は視線を天井に向けて記憶を辿《たど》った。

確か、最初にその客を意識したのは、ダンテスカの問題が進行中の頃ではなかっただろうか。もしかしたら、もっと前からその客は来店していたのかもしれないが、はっきりと思い出せない。なにしろ当時はバイトを始めたばかりで精神的にも余裕がなく、おまけにポルターガイストも多発しているような状況だった。

だからあの時は観光客っぽいと感じた程度で特別不審には思わなかった。ここは港町なので、外国人の来店はさほど珍しくはない。

だが、同一人物を何度も見かけるようになれば、話は変わってくる。

「不思議なお客さんなんですよね。たぶん三十半《なか》ば……ううん、もっと上かなあ？　外国の方って年齢が読みにくいですね。ヴィクトールさんよりちょっと大柄《おおがら》で、赤みのある金髪だったかと思います。いつも睨むように店内を見回してから、一通り椅子をチェックするんです。椅子を買いたいっていう雰囲気でもないので、だんだん気になっちゃって」

「君は猫や犬だけにとどまらず、とうとう外国人の幽霊までも見るようになったのか」

ヴィクトールが珈琲カップを手元に引き寄せて、恐ろしげに言った。

「いえ、まだあの人までも幽霊と決まったわけじゃないし……」

「前にもそういえば、いもしない女性客の存在を気にかけていたよね。……うちの店はそこまで幽霊に人気なのか？　そんな客層は望んでいないよ」

杏は黙り込んだ。その「いもしない女性客」の正体はおそらく、工房長小椋健司《おぐらけんじ》の元妻の霊だ。杏に対してやけに当たりが強かったが、最後に見かけた時はどうしてか、彼女に対して切なさを抱《いだ》かずにはいられなかったのを覚えている。

急に杏がおとなしくなったからか、ヴィクトールがいぶかしげに眉《まゆ》をひそめた。

だが、彼がなにか言おうとする前に、チリンとベルの音が響いた。客が入ってきたようだ。とまっていた時間が動き出したように杏は感じられた。慌てて「いらっしゃいませ」と声をかける。が、「ツクラ」ではつきっきりで接客することはない。基本は自由にフロア内を見てもらう。客が話したそうな素振《そぶ》りを見せた時に、再び声をかけるようにしている。

そのあとにもまた別の客が現れ、さらに新たな客が、というように珍しく店が賑《にぎ》わった。今日は土曜日。月曜は祝日で、三連休になる。繁華街側からこちらの地区にも人が流れてきたのだろう。

十一月にこの近所でサロンをオープン予定の女性客が、数の揃《そろ》っているヴィンテージのダイニングチェア四脚と、メニュー表を置くのにちょうどいいということで飴《あめ》色のレクターンを購入した。レクターンとは聖書台のことだ。

それから店舗《てんぽ》用にと什器《じゅうき》もいくつかまとめて購入してくれた。オリジナルチェアを扱《あつか》う「柘《つ》倉《くら》」のほうも見てくれて、そちらのフロアでは、試験的に置いていた、海外の駅にあるようなデザインの両面式ウォールクロックも予約した。このデザインの考案者は、職人見習いの雪路《ゆきじ》だ。

今月前半の売り上げが少々厳《きび》しかったのを知っているので、杏は内心喜んだ。どちらかと言えば大口の注文となるし、今後もリピートしてくれそうな雰囲気もある。そのため、接客のほうは途中からヴィクトールに代わってもらった。

人類嫌いの彼には恨《うら》めしげな顔を向けられたが、最後に女性客が財布の紐《ひも》を緩《ゆる》めてスツールを追加注文してくれたのは、ヴィクトールの微笑みの効果が大きいと杏は確信している。彼は椅子を盲愛《もうあい》する変人ではあるものの世間知らずではない。年相応に擦《す》れていて、自分の容姿が異性からどう映《うつ》るかも理解している。相手に有効とわかれば惜《お》しみなくその美貌《びぼう》を利用する。

（やっぱりうちの店でも、椅子以外の商品をもっと多めに取り扱ったほうがいいんじゃないかなあ。初見さんが手に取りやすいと思うんだよね）

今回捌《さば》けたレクターンや什器は、今月の頭に東京で開催された家具市で、他のアンティークチェアとともに小椋が仕入れてきた。家具はそう頻繁に買い替えを必要としないので、やはりどうしても一般のリピーターがつきにくいというデメリットが生じる。

注文を受け付けない期間の売り上げを保つための商品も用意しておきたい。が、それを望むとなると、時間も人手も圧倒的に足りないというシビアな現実が目の前に立ちはだかる。

「ツクラ」の主戦力は小椋、次に室井で、彼らからすればヴィクトールでさえまだまだ新米扱いだ。最も知識と人脈と技術がある小椋が他の仕事に回ると、室井の負担がぐっと増えてしまう。

バイトの杏が店の現状を憂《うれ》いてもしかたのない話だが、椅子以外の物がよく売れる様子を見ると、つい欲が出る。

サロンの女性客をカウンターに案内するヴィクトールへ一度目を向けてから、杏が契約書の作成に取りかかっていると、先ほど話題にしたばかりの例の外国人客が店内にいることに気づいた。

杏たちがサロンの女性客の対応をしている間に来店したようだ。

（……幽霊じゃないよね？　違うよね⁉）

杏は自分の判断が信じられなくなり、キーボードを打つ手をとめて、何度も外国人客を盗み見した。その時、女性客の相手をしていたヴィクトールがふいにこちらを向いた。杏は視線で、「あの人ですよ！」と訴《うった》えた。彼は女性客の話に相槌を打ちながらも、さりげなく視線を外国人客のほうへ向け、一瞬硬直した。やや〔し〕て、我に返ったように女性客との会話に戻ったが、あからさまに表情が強張っている。

（えっ、やめてヴィクトールさん。その反応怖い！）

杏も怯《おび》えながら契約書の作成に戻った。作業を進める間に外国人客は消えていた。

購入の契約をすませたサロンの女性客を笑顔で送り出し、次の客の相手をする前に、杏は隣に立って愛想笑いを浮かべていたヴィクトールにすばやく尋ねた。

「あの、さっき店内にいらっしゃった、赤っぽいような目立つ金髪……ストロベリーブロンドっていうんでしたっけ？　その髪色の外国人客のことなんですが」

「見てない」

ヴィクトールは、悪あがきするように断言した。杏はぎょっとし、彼の横顔を見上げた。

「えっ」

「俺はなにも見てないよ、そんな客は来ていなかった」

「ヴィクトールさん、しっかり見てましたよね⁉」

「見ていない。いいな？　あれは幻だ」

彼は頑《かたく》なに認めようとしなかった。

この人、往生際が悪い！

「もしもまた見たとして、アレに声をかけられても絶対についていったらだめだぞ。お茶も出すな。もちろん犬用の菓子も」

「それは絶対に出しません！」

なんてことを言うんだ。

ヴィクトールは入り口の扉の縁《ふち》に片手を付き、深く溜め息を吐き出した。こんな何気ないポーズがいちいち絵になる男だ。

「約束しろよ」

杏は、明確に答えず、曖昧《あいまい》にうなずいた。……あの外国人客はともかくも、迷子のトイプードルを探している男性の霊を無視するのは難しいだろう。いきなり拒絶した結果、恨みを買って本格的に取り憑《つ》かれでもしたら目も当てられない。

「俺は怖がっているわけじゃない。杏を心配しているんだよ。わかってくれ」

ヴィクトールが諭《さと》すように言ってこちらに視線を落とす。

杏は、つっかえながらも「わかってます」と小声で返した。好きな人からこうもひたむきに見つめられて、少しも動揺しない女子などいない。

「ヴィクトールさんは、私になかなか優しいですね」

冗談まじりにそう言うと、彼は笑いもせずに「そうだよ、俺は君にいつだって優しい男なんだよ」と肯定した。

「そのうち杏が幽霊と手に手を取って駆け落ちしたらと思うとね。優しくせずにはいられない」

……ドキッとさせたあとで、それを台無しにしてくれるのがヴィクトールという人だ。

杏は色々な意味をこめて「オーマイゴッド」とつぶやいた。

生憎《あいにく》と、杏には幽霊と駆け落ちする予定はない。

6

秋晴れの祝日。

木々が赤く色づくにはまだ少し早い時期だが、街路樹の横をすり抜ける風はとっくに秋の匂いを孕《はら》んでいる。

厚手のカーディガンを着て正解だったなと、杏《あん》は透き通った青い空をちらっと見上げて考えた。時折、髪を靡《なび》かせるくらいに風の勢いも強くなる。スカートではなくてパンツを合わせてきたのも英断だ。

今日は、本来であればバイトのない日だ。が、杏は今、「TSUKURA」への道を急いでいた。

昨日、バイトの終了間際にふらりと店に姿を見せた室井《むろい》が、杏と目が合うなり顔の前で手を合わせ、「すみませんが明日の午後、杏ちゃんの時間を少しだけくれませんか」と震え声で懇願《こんがん》した。……あれは懇願で間違いなかった。

嫌な予感に杏も震えつつ室井の話を詳《くわ》しく聞いてみると、案の定、幽霊絡みの内容だった。

杏は秋風に遊ばれる髪を片手で押さえながら、店のカウンターでかわした会話の流れをぼんやりと思い出した。

「――『イロドリクラフト』さんのほうでも、ポルターガイストが起きているんですか？」

杏は、顔色の悪い室井を見つめて、そう聞き返した。

「ええ。俺も小林《こばやし》君からそんな連絡をもらった時は、まさかと耳を疑ったんですがね……」

室井が困ったように眉根《まゆね》を寄せる。

彼的には悩める表情を浮かべたつもりなのだろうが、元々血色が悪く、目つきも鋭い上に頬《ほお》がこけている。髪もオールバックで、インテリヤクザのような凄《すご》みのある風貌《ふうぼう》のため、より凶悪な顔つきになっている。

いい人なのになあ、と杏は心の中でつぶやきながら視線を逸《そ》らし、会話を続ける。

「もしかすると、私たちが特殊なんじゃなくて、木工職人なら誰でも一度はポルターガイストを体験する……？」

と、疑問に思わざるを得ないような話だ。

霊感体質を持つ自分や「ツクラ」の職人たちならまあ、頻繁《ひんぱん》に遭遇《そうぐう》してもしかたないと諦《あきら》められる部分があるけれど、他の人までこうも被害に遭《あ》うものなのだろうか。

「え、まさか私たちがじわじわと幽霊をこの町に誘《おび》き寄《よ》せていて、その結果、霊感ゼロだった人たちが巻き添えになっているとか……？」

「杏ちゃん、それ以上は考えちゃだめです」

室井が珍しく感情のない声ですばやくとめた。杏も真実の追求はやめたほうがいいと理解した。

「その、イロドリさんのほうでは、どういう現象が起きたのか、詳しく聞いていますか？」

杏が軌道《きどう》修正をはかって無理やり質問をひねり出すと、室井は時間を稼《かせ》ぐように小指で眉毛の上を掻《か》いた。

「それが、いやあ、色々と大変なようで……小林君の工房は今、知人が立ち上げたという劇団の協賛をしているんですけど、そのくだりは知っていますか？」

「はい、あちらの工房におうかがいした時、少し聞いています」

杏は、小林たちの話を思い出して、うなずいた。

「シェイクスピア作品の『ハムレット』のアレンジ版のような劇だそうですね。『おしゃべりなハムレット』……展覧会の題名になっている『おしゃべりな椅子たち』とも合わせているんですよね」

展覧会に飾られていた、優美な作りのカクトワールという椅子とも意味をかぶせているタイトルだ。ヴィクトールの説明によると、カクトワールとは、フランス語の「おしゃべりをする」という言葉からきているのだとか。

「そうそう。その関係で小林君たちは、工房のスペースの一部を稽古場《けいこば》として劇団員に貸し出しています。確か、公演は今月末からだったかな。……それでね、悲劇を扱《あつか》う題材が災《わざわ》いしたのか……霊が、出没《しゅつぼつ》するようになったと」

室井が後半部分で声を低くしたため、杏は、う、と息を詰めた。妙な迫力を出さないでほしい。

「小林君たちは、あれだ。温厚なんだが、少々気が弱くもあってねえ。いや、そこは優しさと紙一重なところでもあるんですが、彼らの息子の春馬《はるま》君にしてみれば、自分の親がいつ他人に騙《だま》されるのか……損をするんじゃないかと気が気じゃない。スペースの貸し出しも、知人からぜひにと頭を下げられて断り切れなかったのだと聞いています」

杏は、慎重《しんちょう》さを含んだ声音で説明する室井をちらりと見て、首を傾《かし》げた。

ポルターガイストの話から飛んだように思われたが、たぶんこのあとそこにつながってくるのだろうと、一通り聞く体勢を取る。

「工房には高額の家具も置いていますので、たとえ劇団員の子たちを信用していたとしても、多少は不安になりますよね」

「……家具を盗まれるかも、って？」

杏が恐る恐る尋ねると、室井は困ったように微笑《ほほえ》んだ。

「いや、盗難よりもね、稽古中の破損を警戒したんだと思いますよ。だから春馬君は時々、夜間に工房へ見回りに行ったそうで。……その時、男の霊を目撃したそうです。彼だけじゃなくて、劇団員の子たちも見たらしいです」

杏はぞっとして軽く身を引いたが、カウンターの内側に入っていたために逃げ場がなかった。

「小林君たちは最初、春馬君の話を信じてはいなかったそうです。室井君じゃあるまいし、霊など見えるわけがない――と一笑に付したとね。……いや、いいんですよ、俺は傷ついていないので。別に。……ところがそのうち、小林君たちも目撃するようになってしまった。工房内をうろつく血まみれの男と犬の霊を」

「はい？　なんて？」

杏は反射的に聞き返した。

「血まみれの、犬の霊と、男の霊、だそうです」

室井は一言一言、丁寧に区切りながら答えた。

犬と男の霊？

（……え、待って。どういうこと。その幽霊たちをよく知っているような気がするけど、血まみれってなに⁉　いや違う、きっと別の霊だ、私がお茶を出しているフレンドリーな幽霊とは別人――だよね⁉　でもこんな偶然あるのかな⁉）

杏はめまぐるしく考えて、深呼吸した。

「それでね、杏ちゃん」

ここからが本番だというように、室井がわずかにカウンターテーブルへ身を乗り出した。

「……はい」

相手がヴィクトールであったなら「その先は聞きたくないです」とはっきり主張もできる。が、見た目に反して繊細《せんさい》な心の持ち主である室井を拒絶し、傷つけるわけにはいかない。

「……小林君たちにね、お祓《はら》いをしてほしいと、頼まれましてね」

重い沈黙が二人の間に広がった。

「……あの、こう答えるのはとても心苦しいんですが、お祓いは私の専門ではなくて」

「ええ、ええ、わかっています。俺もそのあたりは何度も説明したんですが、一度工房を見てくれるだけでいいからと必死にせがまれて、どうしたものかと」

ああ、うん、と杏は深く納得した。室井も小林夫婦と同類の、困っている人を放っておけない、そしてちょっと気が弱いというタイプなのだ。

「きっと、俺が工房を確認して『霊などいない』と言うのを期待しているんだろうなと」

「ごめんなさい、逆の未来しか想像できません」

「杏ちゃん、希望を打ち砕《くだ》くのはやめてほしい……。いや、友人を安心させるためにも、嘘でもそう言ってやろうとは思っているんですよ。こういうのって結局、気のもちようじゃないですか」

まったくもって「気のもちよう」だとは信じていない顔を向けられた。嘘でも、と口にしている時点で、室井も不吉な未来をしっかりと予測できている。

「本音を曝《さら》け出《だ》してすみません。俺一人じゃ無理だ。行けない。ですが、ヴィクトールさんは誘ってもまず来てくれないでしょう。工房長と雪路《ゆきじ》君に声をかけたら目を逸らされました。……ところで杏ちゃん、妻が明日、アップルパイを作ります。俺が言うのもなんですが、美味《おい》しいんですよ」

真っ青な顔で言われ、死地に赴《おもむ》くような視線も寄越された。

杏も雪路たちがそうしたというように目を逸らしたくなったが、崖《がけ》の際に立っている人を突き落とすほど非情にはなれず、最終的に腹をくくった。今日のバイトが終わったら、近所のスーパーに駆け込んで塩を買い占めねば。

「……私、明日はとても暇《ひま》で困っているんですよね。誰か遊びに誘ってくれたら、嬉しいなあ」

「杏ちゃん、あなたは本当に素晴らしい女の子だ」

室井が感涙した。

その時、チリンとベルが鳴り、入り口の扉が開いた。

杏たちは同時にそちらへ顔を向けた。店に入ってきたのはヴィクトールだ。レジの売り上げをチェックしに来たのだろうが、彼は杏たちを目にした瞬間、なにかを察したように表情を消して足をとめた。と思いきや、くるりと踵《きびす》を返し、立ち去ろうとする。

杏は、優しい声で「ヴィクトールさん」と引き止めた。

勘のいい彼は絶望の表情で振り向いた。

――と、そんな一幕が昨日あったわけだが、結局ヴィクトールには逃げられている。

杏が店の前に到着すると、ワイン色のミニバンが路上にとまっていた。

ミニバンに駆け寄れば、運転席側から薄手のセーターにパンツというカジュアルな恰好《かっこう》の室井が現れる。助手席からは、室井と同年代の小柄《こがら》な女性がおりてきた。長袖《ながそで》のワンピースにネイビーのカーディガンを合わせた、ふくよかな体型の人だ。髪はショートボブ。

ドアの縁《ふち》を摑む彼女の左手を何気なく見て、杏はどきりとした。小指と薬指がない。

見てはいけないものを見た気がして、杏は勝手に罪悪感を抱《いだ》いた。そしてそんな感情を持つのは失礼ではないのかと不安にもなった。

「こんにちは、杏ちゃん。彼女は俺の妻の香代《かよ》です。……こっちがバイトの高田《たかだ》杏ちゃんだよ」

室井がさっと互いの紹介をすませる。

「すまないが、『イロドリクラフト』さんへ向かう前に一箇所寄り道をしてもいいかな？　妻をそちらに送っていきたくて。……どうせなら杏ちゃんにも挨拶《あいさつ》をしたいと頼まれてねえ、連れてきたんですよ」

妻の同乗理由を、室井が照れた顔で説明する。

香代が優しく杏に笑いかけた。

「ごめんなさいね、図々しくついてきちゃって」

「あ、いえ！　そんなことないです！　いつも室井さんにはお世話になっています。室井さんの大好きな奥さんにお会いできて、嬉しいです」

杏が慌てて頭を下げると、二人は同時に目を丸くした。二人の顔立ちはちっとも似ていないのに、なんだか双子《ふたご》のように見えた。夫婦ってこういうものなのかと杏は密《ひそ》かに感動した。一緒に暮らすうちに似てくるのかもしれない。

それとは別に、室井が自慢する最愛の奥さんとついに会えたことに対する感動もあった。先ほどの、欠けた左手を見た時の不安はすぐに消えていった。

が、その直後に杏は自分の馴れ馴れしい言い方に気づいて焦《あせ》った。室井から「奥さん」の溺《でき》愛話《あいばなし》を聞いていたため、杏も深く考えずにぽろっとその呼び方を口にしてしまったのだ。

言い訳を思いつく前に、香代が笑顔になり、室井の腕を軽く叩いた。機嫌を悪くしたようには見えない。むしろ嬉しそうだとわかって杏はほっとした。肩の力も自然と抜ける。

「この人ったら恥ずかしいことを平気で口にするのよ。杏さんの前でも言ってるのね」

「すごく素敵だと思います！　男性って、人前では好きだとあまり言ってくれないイメージがあるから、それができるのって恰好いいです」

拳《こぶし》を握っての力説後、なにを言っているんだ私、と杏はまた焦った。室井にも焦りが伝染したのか、「もうあなたたち、おしゃべりしてないで早く車に乗りなさい」と口早に急《せ》かしてくる。

香代は楽しげに「はいはい」と答えた。目尻がきりっと上がっていて活動的な顔立ちをしているが、浮かべる笑みはふんわりしていて優しいという不思議な雰囲気《ふんいき》を持つ女性だ。

こういう夫婦っていいなあ、と杏はあたたかな気持ちを抱いた。

後部座席に乗ると、甘いアップルパイの匂いがする。身体に残っていた緊張が、その甘い香りでやわらかくほどけるのを感じた。


室井は町の中心部に位置する人工林側へ車を走らせた。

そちら側には観光客向けのショップや教会、ホテルが立ち並び、その奥に閑静《かんせい》な住宅街がうかがえる。さらに進めば、夏の名残《なごり》を手放さずに青々と生《お》い茂《しげ》る木々の間に、製材工場やプレハブ小屋の輪郭《りんかく》がちらちらと覗く。

杏たちを乗せたミニバンは砂利道《じゃりみち》をひた走り、やがて錆《さび》色の屋根が目を引く厩舎《きゅうしゃ》のような外観の建物の前に辿《たど》り着《つ》いた。一階建てだが、横に長く、天井が高く設《もう》けられているのがわかる。

杏は車から降りると、室井たちとともにその建物の入り口へ向かった。大きく開放されている引き戸タイプの入り口の上部には、水城《みずき》材木店と書かれたブリキの看板が取り付けられている。

建物のそばには大型トラックやショベルカーなどの重機があった。廃品扱いかどうか見分けがつかない錆《さ》びた木工機械なども置かれている。おそらく切断機械の類《たぐ》いだとは思うが、正確な名称は杏にはわからなかった。

「水城さーん、いますかー？」

香代が明るい声を上げて、建物の中を覗き込んだ。彼女の手には、アップルパイ入りの箱がさげられている。どうやらこの建物の持ち主にお手製のパイを届けたかったようだ。材木店の主なら、個人としての付き合いだけではなく、「ツクラ」とも関係があるのだろう。杏は密かに気を引きしめた。もう少しきちんとした恰好のほうがよかっただろうかという後悔が脳裏《のうり》をよぎったが、今更悩んだところで着替えができるわけでもない。

香代のあとをついていく室井を横目で見てから、杏はふと振り返った。

建物の前方側には、まばらに雑草が生えた、畑のように平らな土地が広がっている。そこに、圧倒されるほどの数の丸太が積み上げられ、小山を作っていた。杏は身体ごと向きを変え、丸太の山をしげしげと眺めた。厩舎めいた建物と同程度の高さがある。もしもこれらが雪崩《なだれ》を起こしたらと想像するだけで、背筋がひやりとする。

積み上げられている丸太のどれも、剝き出しの切り口部分は煉瓦《れんが》のように赤っぽい。樹皮もそのままで、まだ一切の加工がされていない状態だ。小山のほうに歩み寄って深く息を吸い込むと、木の香りというよりも、土臭《つちくさ》さや草をむしった時のような青臭さが鼻につく。

すごいなあ、と具体的になにを褒《ほ》めたのか自分でもわからないままに心の中でつぶやいた時、建物のほうから笑いを含んだ複数の声が聞こえた。我に返って杏が視線をそちらに移すと、室井夫婦とともに、がっしりとした体型の五十代の男性が建物から出てきた。その男性は魚屋のようなエプロンと黒い長靴を履《は》いている。この男性が木材店の主の水城だろう。

彼と目が合ったので杏は慌てて頭を下げたが、ふいっと顔を背《そむ》けられた。挨拶するでもなく、水城は室井たちとの会話に戻る。

建物の前で立ち話を始める彼らを見つめながら、杏は少しばかり途方に暮れた。彼らのもとに行こうか。でも話の邪魔をしてしまうだろうか？

様子を見てどうするか決めようと消極的な判断をしたら、男性にアップルパイの箱を押し付けた香代がこちらに歩み寄ってきた。戸惑《とまど》う杏を気の毒に思って話し相手になろうとしたのがわかり、申し訳なくなる。

「こっちへいらっしゃい、杏さん」

香代が杏の手を取って、せかせかとミニバンに戻る。水城に一言挨拶しなくてもいいのかと迷ったが、あちらは室井と熱心に話し込んでいる。

「あれ、絶対に話長くなるから。車の中で待ちましょ」

香代は慣れた様子でそう言うと、杏をバンの中に押し込んだ。

彼女も続いてバンに乗り込む。二人で後部座席に並んで座るような形になった。

香代は助手席に身を乗り出すと、座席の上に置いていた箱を取った。水城に押し付けていたアップルパイの箱と同一のものだ。

「はい、これは杏さんに」

と、香代はこちらに箱ごと差し出しかけたが、ふと悪戯《いたずら》っぽく笑う。

「ねえ、お腹空《す》いてない？　せっかくだし、ここで食べちゃいましょうか」

杏が答える前に香代は再び助手席のほうへ身を乗り出して、ダッシュボードの中からクッキングペーパーやビニール袋などをてきぱきと取り出した。アップルパイの箱を開けて、クッキングペーパーに包んだ一切れを杏に差し出す。

「あ、でも、室井さんが戻ってきてからのほうが……」

杏は遠慮《えんりょ》しかけたが、ふわっと甘く香るアップルパイの誘惑に視線を泳がせた。飴《あめ》色に輝くパイ生地の編み目の隙間から顔を覗かせる林檎《りんご》もまたつやつやとしていて、これはどう考えても美味しいに違いなかった。

「いいからいいから。食べちゃいなさい」

香代が強引にアップルパイを杏に持たせる。

「……いただきます」

食い意地の張っている自分に呆《あき》れながらも、杏はクッキングペーパーに包まれたアップルパイを口に運んだ。

女子高生とは、カロリーの暴力と知りつつも美味しそうなアップルパイの誘惑にどうしたって抗《あらが》えない生き物なのだ。

パイの生地は表面がカリカリで、中はしっとりとしている。

（あ～！　思った通り美味しい！）

杏は唇についたジャムを舌先で舐《な》め取《と》り、二口目、三口目を夢中で食べた。

きっとこのあとに行う予定のお祓いで大幅《おおはば》に体力を消耗《しょうもう》するだろうから、実質カロリーゼロみたいなものだし、と心の中で言い訳をする。

チェーン店で売られているような整った味のパイとはまた違う、小ロットの手作りならではの絶妙な美味《うま》さだ。ボリュームもたっぷりで、生地の端まで林檎が載せられている。

半分以上を食べたところで香代がじっとこちらを注視しているのに気づき、杏はほのかに羞恥《しゅうち》を覚えた。がっついていると思われただろうか。口内に残っているぶんを急いで飲み込み、よそいきの笑みを作る。

「このパイ、すごく美味しいです！　私もたまにお菓子作りをするんですが、納得できる仕上がりにはならないんですよね……。きちんとグラム数をはかってレシピ通りに進めたはずなのに、なんだか味気ないというか、ぱっとしない感じになるんです」

杏は、手の中にある食べかけのアップルパイを見下ろしてから、香代に視線を流す。

「お菓子を作る時、こうしたら上手《じょうず》にできるっていうコツとか、あるんでしょうか？」

そう尋ねたあとで、こんな漠然《ばくぜん》とした質問をされても香代だって困るだろうと思い直す。せめて具体的なレシピ名を挙げてから、なにが足りないのかと問うべきだ。

香代は首を傾げると、少し考え込む表情を浮かべた。だがふと企《たくら》みを秘めているような微笑を口の端に滲《にじ》ませて、杏を見つめ返す。

「コツね。ええ、あるわよ。最後の仕上げに愛情というスパイスを入れているの」

もしも今、パイを持っていなかったら、杏はきっと両手で頬を押さえていたかもしれない。

(さすがロマンチストな室井さんの奥様だ！　こういう台詞《セリフ》をさらっと言えるのって本当にすごい！)

杏も大人になったら「最後の仕上げに愛情を」と、照れずに言えるだろうか。愛情をストレートに言葉で示すことは、人前で裸になるのと同じくらい恥ずかしいことのように思える。今の杏にはまだ無理だ。そう感じた直後、脳裏にヴィクトールの姿が浮かんだ。

このアップルパイ以上に甘い気持ちが胸に広がって、杏は頬を火照《ほて》らせた。

「それと、怨念《おんねん》と怒りのスパイスも入れてるわね」

「……えっ？」

恋の甘さに浸ってうっとりしかけていた杏の耳に、物騒なスパイス名が追加で飛び込んでくる。杏は我に返って、香代を見た。

「それから少しの罪悪感も隠し味になってるかも」

「え、ええ？」

杏が驚いていると、その反応を楽しむように香代は左手で口元を押さえ、ふふと笑った。薬指と小指がない。薬指は第二関節の下あたりから、小指は第一関節の下あたりから失われている。杏はつい不躾《ぶしつけ》なくらいにしげしげと、彼女の、失われた指を見つめた。だが、すぐに気まずくなり、視線をさまよわせる。

こちらの戸惑いと緊張は、香代にあっさりと看破《かんぱ》された。

「怒らないから、『その指はどうしたのか』って聞いても大丈夫よ」

香代が、子どもに言い聞かせるように優しく言った。彼女の口ぶりからして、相手をそう宥《なだ》め、譲歩《じょうほ》することに慣れている。指の欠けた香代の手は、これまでに出会った人々の視線を集めてきたに違いなかった。

「……その指は、事故かなにかで？」

杏は慎重に尋ねた。こういう時、同情を明らかにすべきか、包み隠すのが正しい振る舞いなのか、ひどく迷う。

「ええ。木材の切断機でね。やっちゃったのよ」

たぶんそんな理由ではないかと薄々察してはいたが、いざ断言されると返答に困る。その事故と杏は無関係なのに、なぜか後ろめたい感情までもが胸に生まれてしまう。香代の顔に悲愴《ひそう》感《かん》がないことには、ほっとするけれども。

「そしてこの指は、私がお菓子作りに精を出すきっかけにもなってるわ」

「どういうことですか？」

再び慎重に尋ねながら、杏は、アップルパイを食べる香代を見た。それにつられて、自分もパイを口に運ぶ。

彼女はゆっくりとパイを咀嚼《そしゃく》したのち、懐かしそうに話を再開した。視線は、窓の向こうにいる夫のほうに注がれている。室井はまだ水城と熱心に話し込んでいた。

「夫は……武史《たけし》君は元々ね、千葉県にあるうちの工房に勤めていたのよ。彼は進学のために上京して、そのまま就職したのよね。結婚を機に、武史君の地元のこっちへ住居を移したの。で、結婚後、武史君はこの町の家具メーカーに勤めて、私は喫茶店を開くことにしたわ」

そういえば以前に雪路から、香代は喫茶店を経営していると聞いた覚えがある。

「じゃあ、ご実家の工房で働いていた時から室井さんとお付き合いをされていたんですね」

杏が二人のなれそめに胸を弾《はず》ませて言うと、香代は急に苦い笑みを見せた。それを杏は意外に思った。

「ううん、まあねえ。でも、初めは私の片思いだったのよね」

ほほう、と杏はさらにわくわくし、香代のほうへと身を乗り出した。

他人の片思い話ほど楽しいものはない。

「武史君は、他の子を好きだったの」

きたきた、こういう胸が締め付けられるような切ない展開を待っていた！

杏は内心、拳を握った。悲恋で終わるのは苦手だけれども、途中の障害はあってほしい！それでもって最後はお約束のハッピーエンドを迎えてほしい。そのあたり、室井と結ばれている香代の片思い話は安心して聞ける。

「そ、それで？　室井さんが好きだった人は、どんな方だったんですか？」

意気込む杏に、にやにやしながら香代が続きを口にする。

「その時の武史君は二十五歳で、私は二十九。問題の女性は、二十二歳」

「年下！」

「そう。年下の、溌剌《はつらつ》とした美人」

ヒエッ、と杏は叫んだ。香代も、物々しい顔つきでうなずく。

「杏ちゃんにわかるかしらね……、年齢に差があることの苦痛が」

「わかります」

杏は即答した。

片思い相手のヴィクトールとも、年齢差がある。おまけに彼は、目が奪われるくらいの美男子だ。杏のような、制服を着た女子高生よりも、大人っぽくて仕事のできる同世代の美人のほうがよほど彼と釣り合う。香代は、杏とは逆のパターンだ。

杏と香代はしばらく互いを見つめると、次の瞬間、苦難をともに乗り越えた戦友のように親しみをこめて微笑み合った。

香代は、当時の自分が感じたやるせなさを、杏がきちんと理解していると認めてくれたようだ。杏のほうも、香代が自分よりずっと年上であることを忘れて、恋する女友達とお喋《しゃべ》りしているような気持ちになっていた。

「その女性は近所の食堂で働いている人でね。うちの工房ではよく出前を取っていたんで、そのたび彼女が届けに来てくれたの。ある時、他の職人には内緒でって、彼女が手作りのパイを武史君に渡している場面を見ちゃったわけ」

「やりますね、その人……！」

杏は、持っていたアップルパイにかぶりつきつつ、ぎゅっと眉根を寄せた。

もしかして香代は、彼女に対抗するつもりでパイを作り始めたのだろうか。そういう流れなら、先ほど聞いた『スパイス』の中身とも合致《がっち》する。

「武史君は照れながら、『嬉しいです、甘い物が好きなので』って、彼女に答えていたのよね」

「うっっわ。んんん！」

パイの残りを乱暴に口の中に詰め込んで、杏は唸《うな》った。

（想像するだけでムカッとくる！）

香代も、過去の室井の言動を思い出しているのか、どことなく冷たい目をしてパイを口に押し込んだ。それから、もう一切れ食べなさいというように、杏に箱をずいと差し出す。

（……この怒りでめちゃくちゃ燃焼されるから、実質カロリーはゼロ）

杏はそう念じて、遠慮なくパイをもう一切れいただくことにした。片思い話にアップルパイという組み合わせは最強すぎて困る。

「でも本当は武史君、甘い物が苦手なのよ」

まだ冷たい目をしたままの香代の言葉に、杏はきょとんとした。

「彼女にもらったそのパイを、『苦手で食べられないから、皆さんで』って、職人にこっそりあげていたわ。実際、家でも武史君は積極的に甘い物を食べようとしない」

それを聞いて、杏はかすかに引っかかりを覚えた。その戸惑いをはっきりさせる前に、香代が先を話す。

「私はね、武史君が嘘をついてまで彼女を喜ばせようとしたことが、思いの外《ほか》ショックで……。ぼんやりしている時に切断機の刃で指を切っちゃったってわけよ。その事故がきっかけで、私は木工品の製作から離れたの」

うっと喉の奥で杏は呻《うめ》いた。香代は物憂《ものう》げな表情を浮かべている。

「あの日、切断機の刃の取り替えをベテランさんに頼んでおけって、父に言われていたのよね。でもそのベテランさんはちょっと癖《くせ》の強い人でねえ、私、苦手だったの。そうしたら武史君が、自分があとで伝えておくって言ってくれた」

「あ、もしかして……」

「刃、交換されていなかったの。古い刃が木材をカットし切れずに、ぽきっと折れちゃったのよね。刃が食い込んだ状態で激しく振動する木材をね、私はとっさに押さえようとしたのよ。そうしたら、指まで挟《はさ》んじゃった。——ええ、そうなの。武史君、ひどく責任を感じちゃってねえ。あの人、私が好意を持っていたことに、たぶん気づいていたと思うわ。だってその後、すぐに交際を申し込んできたのよね」

「……室井さんは、その、ベテランの方への伝言をし忘れていた?」

杏が確認の質問を投げ付けると、香代はうっすらと微笑んだ。

「いいえ。武史君はきちんと伝えていた。ベテランさんが面倒がって刃の交換を後回しにしていただけよ。でも武史君はその事実を誰にも言わなかったし、私も打ち明けなかった。……今、初めて人に話しちゃったわね」

「こ、光栄です」

慌てるあまりおかしな返事をした杏に、「内緒にしてね」と、香代は指の欠けている手をひらひらさせた。

「当時の私はね、料理が本当に苦手で、お菓子作りすらしたことがなかった。でもあの、憎《にく》らしいパイの一件がずっと忘れられなくて、欠けた指を見ながら来る日も来る日も練習したの。……で、なにも知らない振りをして、『甘い物が好きって聞いたから、どうぞ』って、武史君にパイを渡すようになったわ」

香代が澄ました顔で言った。

杏は手に持っているアップルパイと、彼女を交互に見た。

「武史君は、私が差し出したものなら、笑顔で食べてくれる」

「ああ～！　愛情と、怨念と怒りと、罪悪感のスパイスかあ！」

納得できて、杏は声を上げた。

すると香代は、唇の端を釣《つ》り上《あ》げて、いかにも悪い表情を浮かべた。けれども同時に、それはいきいきとした、女性らしい魅力的な表情でもあった。

「そうそう。私、陰湿だからね。……でも、決めていることがある。武史君が一度でも、本当は甘い物が苦手だと正直に打ち明けてくれたら、潔《いさぎよ》く離婚してあげるわって」

「離婚!?」

不穏な発言をした香代の目には、真剣な色がある。本気でそんな誓《ちか》いを立てているとわかる。

杏は知らず気圧《けお》されて、ごくりと喉を鳴らした。

「……と思っていたのに、気がつけば二十年近く経《た》ってしまったのよね」

香代がふっと視線を逸らし、気が抜けた様子でぼやく。

「一度もまだ、室井さんからは苦手だと打ち明けられていない？」

杏が問うと、香代は溜め息を落とした。

「そうなのよ。あの人、頑固なのよねえ、変にロマンチストだしね。ここまでくると私も意地になってね、パイばかり作るようになった。そうするうちに、とうとう喫茶店のメニューにまでなったわ」

「今度お店にお邪魔させてください。とても美味しいです」

このパイは癖になりそうな美味しさだ。なんならヴィクトールを誘って行くのもいいかもしれない。杏は頭の片隅でそんなことを考えた。

「ありがとう。ぜひ遊びに来てね。……ね、杏ちゃんの前でも、あの人、甘い物が好きな振りをしているかしら。私、たまにお土産《みやげ》と称して、武史君にケーキやパイを持たせているのだけれども」

「はい、香代さんからだって、工房の皆で美味しくいただいています！」

杏は大きくうなずいた。室井はたまに、愛する妻が作ったと言って、杏たちに手作りの菓子をくれることがある。

「ですが、室井さんが甘い物が苦手という話は、聞いたことがありません」

「そう……」

香代はちょっと口惜《くや》しげな顔をした。

「いい年してみっともない真似をしている、と笑ってちょうだいね。……ねえ、武史君って、私にはよくわからないのだけれども、霊感？　っていうなにか特殊《とくしゅ》な体質を持っているのよね？」

「あ、はい」

突然の話題転換に、杏はどきっとし、小声で答えた。この曖昧《あいまい》な言い方から推測するに、香代には霊感がまったくないのだろう。

馬鹿にするような気配は感じないが、気の迷いだの妄想《もうそう》だのと彼女に否定されるだろうか。

一般には理解されにくい体質だとわかっていても、突き放されることに傷つかないわけではない。

杏は拒絶される恐怖がゆっくりと背筋を這《は》い上《のぼ》ってくるのを感じて、密かに息を詰めた。

「春先に新しく入ってきたバイトの女の子がその類いの話に理解があって、なおかつ自分たちを怖がらずに接してくれるんだって、武史君が最近、嬉しそうにしていてねえ。今までバイトの子たちには敬遠され続けてきたから、どうも気になっちゃって」

作り笑いとわかる表情を浮かべた香代にしばらく戸惑ったあと、杏は、あっと叫びそうになった。

ひょっとして香代は、室井と杏が、他人に言えないような疾《やま》しい関係にあるのでは、と疑っているのではないか。

こうして今日、わざわざパイを用意したのも、杏がどんな人物か探るためのように思える。

杏は、自分よりずっと年上の、理性的な目をした女性を改めてじっくりと見つめた。

この打ち明け話を聞いても、彼女をみっともないとは思わない。それどころか大人だと思う。

自分でも恥《はじ》と感じるような話を、杏に取り繕《つくろ》うことなく聞かせている。

仮《かり》にこれが杏なら、自分の中にある醜《みにく》い嫉妬《しっと》の部分など、絶対に他人には知られたくない。それに、もしも自分の夫が女子高生――未成年の少女相手に鼻の下を伸ばしていたら、と考えるだけで怒りが湧き、許せない気持ちになるだろう。その少女と直接対面して話し合う気にもなれないし、自分と対等の存在だとも思いたくない。わざと子ども扱いして、優位に立とうとするかもしれない。

「室井さんはどんな時でも香代さん一筋です。奥さんに夢中とか、愛しているとか、そういう惚《のろ》気話《けばなし》なら何度も聞いています。それで、私には好きな人がいます……お店のオーナーが好きです！」

言わなくていいことまで自ら暴露《ばくろ》し、杏は羞恥にまみれた。

香代はもぞもぞと座り直すと、目尻に皺《しわ》を刻んで深く笑った。

「私たちは子どものない夫婦だから、もし娘がいたら、こんな感じなのかしら。武史君も、同じような気持ちであなたを見ているのかもしれないわ。でも武史君はまだ、じゅうぶんに人生をやり直せる年齢なのよ」

どこか諦観《ていかん》の滲む優しい言葉を聞いて、杏は少し考え込んだ。

香代は杏を探りに来たというだけではなく、もっとなにか重い迷いを抱《かか》えているのではないか。今まで誰にも伝えず秘密にしていたことを杏に聞かせたのも、室井の心境の変化をわずかなりとも感じたためではないだろうか。

杏には香代の本心がどこにあるのか、どういったものなのか、正確には見通せない。

だが、彼女になにかしてあげたいという気持ちが胸に生まれている。

自分の考えを整理する時間がほしい。そう思ってパイを口に運んだ時、運転席側の扉が外から開かれた。

車に乗り込んできたのは室井だ。水城との話し合いは終わったらしい。杏は窓の外へと顔を向けた。建物の中に入っていく水城の背中を見つけた。

「あなたたち、車内でそんなに本格的に食べていたんですか」

杏たちに視線を走らせて、室井が呆れたように言う。

「だってねえ、武史君ったらこんなに魅力的な女性二人をほっぽり出して仕事の話ばっかり……。やあねえ。これだから」

香代は、けろっとした顔で反論する。杏も笑いをこらえて、大真面目《おおまじめ》にうなずいた。

言い包《くる》められた室井が、気まずげな、それでいてちょっと拗《す》ねたような顔をするのがまた、おもしろい。

ただ、室井が戻ってきたので、香代の恋話はもうこれ以上聞けそうにない。

杏は少し残念に思った。

繁華街でショッピングをしたいという香代を途中で降ろしてから、杏と室井は『イロドリクラフト』を目指した。

杏はアップルパイの美味しさの余韻《よいん》に浸り、いい気分でいたが、ふと隣を見れば、ハンドルを握る室井の横顔がやけに硬い。冷酷《れいこく》なヤクザ顔が、なおさら凶悪になっている。

彼は杏と香代が車内で盛り上がっている間、材木店の水城と熱心に話し込んでいた。ひょっとしてそのことと、今見せている険《けわ》しい表情は、なにか関係があるのかもしれない。

杏は、自分が口出しして大丈夫だろうか、とためらいながらも尋ねた。

「材木店の……水城さん？　となにかありましたか？　購入予定の木材に関するトラブルとか？」

「え？　いや」

室井が驚いたように一度こちらを見た。すぐに視線は正面に戻ったが、どことなく困った雰囲気だ。

「杏ちゃん、本来の目的を忘れていませんか。これから俺たちはアレが出るかもしれない場所に向かうんですよ」

あっ、と杏は小さく叫んだ。

「もちろん忘れてなんかいませんよ！」

正直なところ、完全に忘れていた。今日は、お祓いもどきをするために――ポルターガイストに怯《おび》える小林夫婦を宥《なだ》めるために工房へ行く予定だったのだ。

気の重いこのミッションをきれいさっぱり忘れさせてくれるとは、アップルパイの魅力と香代の片思い話の効果は凄《すさ》まじい。

「ここまで来たらもう、なるようになれと腹をくくる以外にありませんが、もしも小林君たちの話が事実で、本当に心霊現象が発生したらと思うと――途中で気絶したら、すみません」

硬い口調でそう言われ、杏は冗談と受けとめるべきか本気で心配すべきか、悩んだ。

しかしこの横顔を見る限りでは、とても冗談を言っているようには見えない。「ツクラ」の職人たちは皆、霊感を持っていながら極度の怖がりだ。

あとで予備のお守りをひとつプレゼントしよう、と杏は思った。

車内の空気が一段と淀《よど》んだ。杏はこの重苦しさを払拭《ふっしょく》しようと、顔に笑みを張り付けて室井に声をかけた。

「それにしても、水城さんのお店はすごかったですね。加工前の丸太が山を築くくらい積み上げられていて、壮観というか、圧巻というか……。ひょっとして『柘倉《つくら》』で使うオリジナルチェアの板材は、水城さんのところから購入しているんですか？」

杏が無理やりにでも明るい雰囲気を作ろうとしているのが伝わったようで、室井も「一部だけはね」と、ぎこちなく話題に乗ってくれた。

「でもうちの主要な取引先は水城さんじゃないんですよ。あそこは主《おも》にハウスメーカーや大手の家具メーカーと契約していますしね」

へえ、と杏はとりあえずうなずいたが、そもそも材木店の仕事内容を正確には知らない。今の説明を聞いてもいまいちピンとこなかった。

室井が再びちらりとこちらをうかがう。積極的に話に食いついてこない杏を見て、もう少し詳しく説明しようと決めたのだろう。幾分《いくぶん》表情をやわらげてハンドルを握り直す。

「店の規模にもよりますがね、基本的には立木《たちき》の伐採《ばっさい》後、その切り出した丸太を製材し、乾燥させるというのが彼らのおおまかな仕事です。手のあいている時期には家屋《かおく》の建築も引き受けることがあるようです。ああ、立木っていうのは、地面に生えている状態の木のことですよ。で、製材とは、用途に合わせて加工した木材のことです。角材とか板材などですね」

ふんふん、と杏は先ほどよりも身を入れてうなずいた。

「伐採も自分たちで行うんですね」

杏は、木材店の前に山積みになっていた丸太群を思い出し、意外な気持ちで言った。

室井が小さく笑いをこぼして、「そうそう」と、相槌《あいづち》を打つ。

「私有林の持ち主から買い付けをします。伐採はちょうど今の時期、秋口からが適しているんですよ。木材は、生きていますのでね。気温の変化に伴《ともな》う乾燥の状態に注意を払う必要がある」

「そっか、秋冬って乾燥する時期ですもんね。水気の少ない時に切り倒したほうがいいってことかあ」

空気が乾燥すると静電気が起こりやすくなる。が、そういえば木材はあまりバチッとこない気がする。

「にしても、山とか森って誰のものでもない自由な場所と思っていたんですが、ちゃんと持ち主がいるんですよね」

杏の独白調の言葉に、そりゃあね、と室井が信号で右折しながら同意する。

以前に聞いた雪路の話では、室井の家でも山を所有しているらしい。祖父の代には土地をずいぶんと切り売りしたが、それでもいくらかはまだ残っているのだとか。

その話を思い出しつつ横目で室井を見れば、彼の顔からはすっかり硬さが消えていた。どうやらリラックスさせることができたようだ。杏もほっとし、微笑んだ。

「山積みの丸太の眺めはすごかったですが、あんなに一気に木を伐採して、環境的に大丈夫なんでしょうか？　木って成長に時間がかかりますよね？」

杏はふと思いつきを口にした。

「ですねえ」と室井が呑気《のんき》に肯定《こうてい》し、

「たとえば杉なら、製材として使えるようになるまで、数十年は必要かな」

「やっぱりそのくらいの年月はかかりますよね？　全国の材木店が次々と大量に伐採を繰り返していたら、あっという間に山林が丸裸になりませんか？」

そんな杏の危惧《きぐ》を、室井は軽く笑い飛ばした。

「それがねえ、逆なんですよ。今は木が多すぎる。いや、国産の木を使わなすぎるというほうが正しいのかな」

「……国内で木が余っているんですか？」

それはちょっと予想外の回答だ。

「でも、余ったらなにか問題になるんでしょうか？　木々が増えれば結果的に山林が豊かになるので、いいことだと思うんですが」

デメリットはとくにないように思えたが、室井は首を横に振る。

「増えすぎると森も山も荒れます。簡単な例をあげるとね、木々が密生しすぎると地面に陽が差し込まなくなるでしょ。そうすると元々の生態系が崩れる。地盤《じばん》も緩《ゆる》くなり、崩れやすくなる。だから適度に間伐する必要が出てくるんですよ」

「はあ……なるほど。海で言う赤潮《あかしお》みたいな感じでしょうか。プランクトンが増えすぎると海の酸素がなくなって魚を死なせてしまう、みたいな」

杏が頭を捻《ひね》ってそう解釈《かいしゃく》すると、室井は笑いを堪《こら》えるように口をもごもごとさせた。

「うん、ま、そんな感じですね。うん。……ところで杏ちゃん、平均的な丸太一本の価格っておよそどれくらいだと思います？」

からかうような口調での問いかけに、杏は少し警戒した。

（この質問をあえて投げかけてくるってことは、たぶん引っかけ問題だ。飛び抜けて安価か、超高価のどちらかだよね）

ここまでの話の流れから鑑《かんが》みるに、前者の可能性が高い。

たとえば、「ツクラ」と付き合いのある家具工房「MUKUDORI」が手がける丸太テーブルなどは、サイズにもよるが、およそ五万から二十万の価格帯で販売されている。輪切り一枚分だけでそのくらいの価格に化ける。「柘倉」でも、安価なスツールですら一万はする。背もたれや肘《ひじ》掛《か》けが付いた椅子なら、もっと値が張る。もちろんこうした完成品には加工代が含まれている。

とすると、丸太一本は結構な値段がつくように思われる。が、そこがおそらく引っかけ部分だ。実際にはかなりの安価なはずだから――。

「一万くらい？　でしょうか」

あれこれ考えた末に出した杏の答えに、室井は前方を見つめたまま、にんまりした。……勝ち誇《ほこ》った表情ともいう。

「あ～、ハズレですね!?」

杏は自分の敗北を悟った。

「ははは、答えは数千円ですよ。市場や年によって、多少の変動はありますが」

「数千円？　……まさか二、三千円レベルとか？　そんなに安いんですか？」

「それ以下でも買えますよ。杏ちゃんのお小遣《こづか》いでもじゅうぶん買えますねえ。昔と比べると、どんどん値が下がっています」

杏は驚いた。思っていた以上に安い。

「ただしこれは、単純に丸太一本と考えた場合の価格です。ネックは伐採や造材時に必要な機具などにかかる費用、作業員の技術料ですよ。いや、木材に限定しなくたってね、どんな商品でも原価は驚くような価格でしょう」

室井のもっともな説明に、杏は深くうなずいた。

「そうですね。確かに。ファミレスのドリンクバーの原価も数円程度だったはずです」

奇《く》しくも先日、クラスで仲良くなった子と、ファミレスでどのくらい飲めば元が取れるのかという話で白熱したのを思い出す。

真面目な顔であげた杏の喩《たと》えに、室井が声を殺して笑う。杏は、はっとし、羞恥で頬を染めた。

毎度、懲《こ》りもせずに飲食物で喩えてしまう自分は本当にどうにかならないのか。

「話は戻りますが」と、室井が指先でハンドルを叩き、軌道《きどう》修正する。

「水城さんとは昔からの付き合いでしてね。製材の際に出る端材や、ちょっとした板材の類い

すよ」

「ええ。カバの木があると聞いてね。ほしくてほしくて。……いや、俺じゃなくて工房長がで

「もしかして、さっきもその話をしていたとかでしょうか？」

を安価で譲《ゆず》ってもらっているんですよ」

室井は慌てて否定したが、彼本人だってほしいと思っていたに決まっている。

「杏ちゃん、微笑ましいと言いたげな目を向けてくるのはやめてくれ……。この間、『MUKUDORI』さんでカバ材の輪切りのテーブルを作ったそうで。ならうちでも輪切りの椅子を作ってセットにし、委託《いたく》販売をやろうかという話が上がっているんです」

「輪切りのテーブル、かわいいですよね！　年輪の模様ってバームクーヘンっぽい……ナチュラル感が一層増して、素敵なんですよね」

反省したそばから飲食物で喩えそうになり、杏は慌てて言い直した。

ハンドルを握る室井の横顔をうかがうと、楽しそうに目尻《めじり》を下げている。信号は赤。減速して、室井はこちらに視線を向けた。

「ちなみに、年輪の模様って、具体的にどういうものだと思います？」

そう問われて、杏は、びくりとした。

椅子談義ならぬ、樹木談義が始まっている。

なんだかヴィクトールと話している気分だ。

「ええと。……あれって、木の生長の記録、みたいなものなんですよね?」

男性って人に物を教えるのが好きなのかな。そんなことを考えながら、杏は答えた。

「正解です。読んで字のごとく、一年に一本ずつ輪が増えるから、年輪、と呼ぶんですよ」

「えっ。そうだったんですか。ってことは、輪の数を数えると、樹齢がわかる?」

「その通りですよ」

杏は、えー! と心の中で叫んだ。年輪ってそういう意味だったとは。なんだか楽しい。木も、人間と同じように年を重ねていくのか。

これまでに何度もヴィクトールから「木も生きている」と聞いている。室井だって先ほど、口にしていた。その言葉を、あらためて実感する。

「年輪は、外に向けて増えていく。なので、芯《しん》側が古く、外側が新しいと決まっています。色の違いにも意味がある。色の白いところは夏あたり、濃い部分はそれ以外の季節に成長している、とかね」

「……うちの工房に、輪切りの板ってありましたっけ?」

「はは、じっくりと見たくなってきたでしょう、年輪」

杏は何度も大きくうなずいた。

木には、魅力がいっぱいだ。

「そんな話を聞くと、本気で輪切りのテーブルもほしくなってくるじゃないですか。サイドテーブルくらいの小さいやつなら、手が届くかなあ……」

木製品って基本的に高いんだよね……と杏が吐息《といき》まじりにぼやくと、室井がにやにやした。

「でも『MUKUDORI』さんでは買わないほうがいいですよ。本当にほしいのなら、ヴィクトールさんにねだればいい」

「はい？　ねだれって、なんでヴィクトールさんに？」

驚く杏に、彼はますますにやついた。信号が変わったので、車を発進させる。

「あの人、身内認識した相手には意外と甘いですからねえ。小さいサイズのテーブルならきっと格安で作ってくれますよ。やあ、もしかしたらサンプルと称してプレゼントしてもらえるんじゃないですかね。俺はそっちに賭《か》けます」

杏は啞然《あぜん》とした。賭ける、って。

「ないですよ、そんなこと」

「いや、だってヴィクトールさんは、杏ちゃんが他の店の木製品を褒めると露骨《ろこつ》に機嫌を損《そこ》ねるでしょ」

機嫌を損ねるというか、浮気者扱いされるが。

「おかげで他の店では迂闊《うかつ》に買えなくなったとでも言って、責任を取ってもらいなさいよ」

「責任だなんて、とんでもないです。ヴィクトールさんは変人、いえ、特殊な感性を持つ方だから、おかしな言い回しをするんだとわかってますすんで！」

我に返って愛想笑いを作り、勢い良く顔を逸らす。

(なんて冗談を言うんだ、室井さん!)

羞恥心をごまかすために、不自然なくらいにじっと窓の外を睨《にら》み据《す》える。頬が熱い。

責任云々の話はともかくも……室井から色々と話を聞いて、なんとなくだが「柘倉」で扱う木材の仕入れ事情の一端が見えてきた。「柘倉」は正直、人脈の多そうな小椋《おぐら》頼りの店かと思っていたのだが、コスト面で大きく貢献《こうけん》しているのは室井だったのか。

(『MUKUDORI』の星川《ほしかわ》さんとも交流があるし)

そう考えると、適材を引き抜き、なおかつ同業者とも協同して展示会を開いたりもしているオーナーのヴィクトールは、人類嫌いと言いつつも対人能力や仕事運にかなり恵まれているのではないか。

「いつもはヴィクトールさんの椅子談義を聞いているんですが、室井さんのお話もタメになります」

まだまだ知らないことが山ほどある。しみじみと杏が言うと、室井は機嫌よさそうに笑った。

7

杏《あん》たちが楽しく談笑していられたのは工房『イロドリクラフト』近くのパーキングに到着するまでのことだった。

車を降りたのちは、徒歩で工房に向かう。

その途中、スマホを確認すると、雪路《ゆきじ》からのメッセージが届いていた。杏たちの身を案じるような文面だ。どうやら室井《むろい》から今日の予定を聞いていたらしい。

こちらの様子が気になるのなら一緒に来てくれたらよかったのに、と思わなくもないが、杏はとりあえず『現場に到着しました。私たちの無事を祈っていてください』と、簡潔に状況説明の返信をした。ついでにヴィクトールにも『今から私と室井さんは臨時お祓《はら》い屋《や》になります』というメッセージを送信しておく。

スマホをショルダーバッグに戻したところで、杏たちはとうとう工房の入り口前に辿《たど》り着《つ》いた。

（建物の外観は、いかにもモダンな洋館って感じでかなり好みなんだけど、私たちがこれから

やることは『お祓い』だもんね）

杏は微妙な顔をした。

こんなに気持ちのいい秋晴れの日に、自分たちはいったいなにをしようとしているのだろう。隣に立つ室井に目をやれば、彼はあからさまに強張《こわば》った表情を浮かべ、小声で「なにも起きませんように」とぶつぶつ念じている。杏も心の中でそれと似たような願掛けをして、視線を工房に戻した。

黒格子《くろごうし》付きの両開き式の扉には、定休日と刻まれた木製プレートが下げられている。室井がそれを一瞥《いちべつ》し、扉横のインターホンを押した。

少しの間反応を待ってみたが、返事はなく、誰も出てこない。

杏と室井は、困惑の色が浮かぶ互いの顔を見つめた。

「ちょっと早く来すぎたかな？」

室井は腕時計で時間を確認した。杏も脇から見させてもらう。現在の時刻は午後の一時五十分。室井のおまけというていで同行している杏は、正確な待ち合わせ時間を知らない。が、おそらく約束は二時だろうと思われる。だとするなら、特別早い到着というわけではない。

「ここで小林《こばやし》さんたちを待たせてもらいましょうか？」

杏は確認のために尋ねた。

パーキングへいったん戻ってもいいが、その間に小林たちが来てしまいそうだ。

「ううん、そうですね……」

室井は帰りたそうな素振《そぶ》りを見せたが、やがて諦《あきら》めたように項垂《うなだ》れた。悲愴感《ひそうかん》の溢《あふ》れる表情で、扉のノブに手をかける。

「おや？　鍵《かぎ》がかかっていないようですね……」

なんとなくノブを回しただけで、本気で開くとは思っていなかったのだろう。室井は、動揺も露《あらわ》に、かすかな軋《きし》み音《おん》を立てながら三分の一ほど扉を開いた。

その時、突然、スマホの着信音が響いた。室井も杏も不意打ちの音におののき、大きく肩を揺らした。

着信音は杏のショルダーバッグの中から響いている。

「す、すみません！　……さっき雪路君とヴィクトールさんにメッセージを送ったんです。返事をくれたのかも」

室井に言い訳をしながら杏は慌ててスマホを手に取った。

ろくに画面も確かめないまま通話に出る。

――これがよくないのだと、自分の迂闊《うかつ》さをあとでいつも後悔する。

だが、大体において、じゅうぶんに警戒している時にはなにも起こらないものだ。

恐ろしいことは、気を緩《ゆる》めた時に、あるいは思いもよらぬ時にやってくる。

「もしもし？」

扉を中途半端に開けた状態で固まっている室井に気を遣《つか》い、杏は数歩下がって、小声で呼び掛けた。

『もしもし？　あ、やっとつながったあ』

電話の相手は、安堵《あんど》の滲《にじ》む声を返した。

一瞬、工房長の小椋《おぐら》がかけてきたのかと杏は勘違いした。声質が成人男性のもの、それも少々威圧感《いあつかん》のある太い声だったためだ。だが小椋はもっと濁声《だみごえ》のような気がするし、こんなふうに語尾がねっとりとした話し方をしない。

この男は、小椋ではない。それなら、いったい。そう考えて、杏は、スマホを持つ手が震えた。

『あんたさあ、ひどいねえ。あの野郎は起こしてあげてたじゃないの。なのに、なんで俺は起こしてくれなかったんだよ？』

「……は、はい？」

杏は話の内容が摑めず、おろおろした。

（起こすって、なんのこと？　モーニングコールの依頼なんか引き受けた覚えはないけど）

室井がまだ怯《おび》えの残る表情で、いぶかしげに杏を見る。

杏はさらに数歩後ずさりし、無理やりに笑顔を作った。話の中身については意味不明だが、電話の相手がどういう存在なのかは、たやすく想像がつく。というより、ほぼ確信している。

アレだ。

幽霊だ。

（どうして軽率に出てしまったんだ、私!!）

もういっそ間違い電話だったことにして、今すぐ通話を終わらせてしまおう。そうしよう――。

画面をタップしかけた時、スマホから『贔屓《ひいき》しやがって』という恨《うら》めしげな声が聞こえて、杏は動きを止めた。それから怖々とスマホを再び耳に近づける。

贔屓とは、どういう意味だろう。

まるで杏がなにかしでかしたかのような物言いだ。

幽霊に恨みを買うような真似をした覚えは微塵《みじん》もないが……もはや日常の一部というほどにポルターガイストが自分の周囲で発生している状態だ。知らないうちに彼らを刺激する言動を取ってしまった可能性があることは否定できない。

すっかり落ち着きをなくした杏を見て、なにかを悟った室井が愕然《がくぜん》とする。「まさか、その電話って……」とでも言いたげな表情だ。しかし、ふと彼の視線が、中途半端に開けている扉の奥へと流れた。一瞬驚いた顔を見せたが、なにかに気を惹かれた様子でするっと工房の中へ入っていく。

杏は呆気《あっけ》に取られ、そして慌てた。電話中だとはいえ、室井が杏をこの場に置いて、一人で動くとは思わなかったのだ。

（まさか工房内に小林さんたちがいたのかな。だとしたら、チャイムを鳴らした時になんで居留守を使われたのかって話になるけど——でも待って、この状況で置き去りにされるのはきつい！）

電話を始めてからずっと寒気がとまらない。一種の興奮状態にもあるのか、頭に血がのぼり、くらくらする。

目眩《めまい》をこらえてぎゅっと目を瞑《つぶ》った杏の耳に、男の声が滑《すべ》り込《こ》む。

『俺は起きたかったんだよ。でもあんたが起こしてくれないせいでさあ……』

いや、そんなに起きたければ目覚ましでもかければいい。赤の他人の杏を責める前に、自分でなんとかしてほしい。

という本音は、全身に走る寒気のせいで、声にならない。

『どうしてあいつだけ起こしたんだよ。俺だって、俺だってさあ。ああ腹立たしいったらねえ。だからあんたを、俺は部屋まで迎えに行ったんだ』

「え」

杏は、ぱちりと目を開けた。

（迎え？）

どこに？

いつ？

——私に、なにをするために？

いくつもの疑問が頭の中で渦《うず》を描く。杏は無意識に息をとめていた。ぶるっと一際大きな震えが身を襲う。その間も、男の恨み言は続いている。

『でもあんた、あの時、居留守使っただろ？　知ってるんだぞ。俺が来たって気づいていたろうに、あんたは無視したんだ』

居留守。小林夫婦に居留守を使われ、一人置き去りにされているこの状況とかぶっている

——いや、まだ彼らが確かに中にいるかどうかはわかっていない。

『ノブを回しても、あんたは決してドアを開けようとしなかった。ちくしょう、俺を馬鹿にしやがって』

杏は耳からスマホを離し、画面を見つめた。

画面は、真っ暗だった。

それなのに、ちくしょう、ちくしょうという恨みがましい男の声がひっきりなしに響いてくる。それが本当にスマホから聞こえてくるのか、それとも自分の耳のそばで話されているのか、杏は次第にわからなくなってきた。目眩がひどい。

——そうだ、バッグの中に、あれがある。

杏はとっさに思い出し、バッグに手を突っ込んだ。もはや携帯必須アイテムと化している小袋入りの塩を乱暴に取り出し、その口をすぐさま開いてスマホの画面にぶちまける。

男の声は、ぴたりとやんだ。

けれども寒気はまだとまらない。

杏の脳裏に、ある光景がフラッシュバックした。

ヴィクトールとともに泊まったホテル三日月館《みかづきかん》でのことだ。――ヴィクトールの部屋を訪れていた時、スマホの充電の残量がわずかになった。それで杏は充電器を取りに、急いで自分の借りている部屋へ向かった。すぐにヴィクトールの部屋へ戻るつもりだったが、汗をかいていたので顔だけでも洗おうと考えた。その直後だ。

誰かが、通路側から杏の部屋のドアノブを乱暴に回した。

そういう不気味な出来事があったはずだ。

(――『あの野郎は起こしてあげてた』……私は、『その人』のことは起こしたけれども、電話の主《ぬし》は起こさなかった)

電話の主の会話を頭の中で反芻《はんすう》する。だが本当にモーニングコールの真似事《まねごと》などした記憶はない。

頭の中で必死に過去の自分の行動を辿り、もしかして、と杏は唐突に閃《ひらめ》く。

三日月館の近くで一年前に玉突き事故が起きたという話を、ホテルのスタッフから聞いた覚えがある。その患者が一人、目を覚ましたとも。患者本人の談では、意識不明の間に見た夢の中で、『誰か』が彼を『早く帰って』と叱《しか》ったそうだ。そのおかげで、彼は生還《せいかん》できたという。

杏は偶然にも、三日月館に滞在中、それと同じ言葉を口にしたことがある。見知らぬ男が杏の泊まっていた部屋に無理やり入ってこようとしていたためだ。ここはあなたの部屋ではないから、早く帰って。そういう意味で杏は、部屋に入ってこようとした男に言葉を投げかけた。

だが、あれは杏が見た夢のはずだ。

ところで、玉突き事故の犠牲者はその生還した彼以外にも、もう一人いる。

そちらは三十代の男性で――死亡しているという話だった。

その男性とは、杏は夢の中で会話をしていない。

(まさか私が最初の人の時のように『早く帰って』と起こさなかったから、この男性は目覚められなかったっていうの?)

杏は額にじわりと汗が滲むのを感じた。

いや、自分との会話が彼らの命運をわけたなんて、そんな馬鹿な話があるわけがない。

けれども、事実ではなくとも、もし彼らが本気でそう信じているとするなら。

彼ら二人以外にも、事故による不運な死亡者が何人か存在する。が、この二名に関しては三日月館に宿泊予定だったという共通点がある。そのため、当然のことながら、事故の被害者となった彼らの予定はキャンセルになった。

奇妙な符合だが、御盆《おぼん》の混雑時期に杏とヴィクトールが三日月館に宿泊できたのも、ちょうど二部屋分キャンセルが出たからだという。

とはいえ、三日月館付近で発生した玉突き事故で彼らが予約していた部屋が空《あ》いたことと、杏たちが滑り込みで宿泊できたことは、なんの関係もない。なぜなら事故はおよそ一年前に起きている。タイムスリップでもしない限り、彼らがキャンセルした部屋を杏たちが借りるなんて不可能だ。

（でも、そもそも、ホテル三日月館って本当に実在していたんだろうか）

あのホテルに宿泊した時を思い返してみれば、いくつも不可解な点が浮かび上がってくる。壊れていた電飾を修理もせずにそのままにしておくだろうか、とか、御盆時期の客が自分たちだけなんて本当にあるだろうか、とか。

（それよりも、一番の矛盾《むじゅん》は、御盆の混雑時に運良くキャンセルが出たから二部屋借りられたはずなのに、実際は私たち以外の宿泊客がゼロだったという事実なわけで……）

つまり、スタッフたちの存在も――。

これ以上真実を明らかにするのが怖いので、杏は三日月館について詳《くわ》しく調べるような真似はすまいと心に決めている。軽率にウェブで検索《けんさく》なんかして、とっくに廃業《はいぎょう》になっているなどという恐ろしい情報が出てきたら、しばらく悪夢を見て魘《うな》されそうだ。

――杏は、深く息を吐き出した。

いや、いくらなんでも疑心暗鬼《ぎしんあんき》になりすぎだ。

それに、幽霊の言動に整合性を求めても、無駄だろう。いつでも理不尽で、こちらの迷惑も恐怖も配慮《はいりょ》することなくいきなり出現するのが幽霊だ。だから今電話をかけてきた主にだって、杏にはよくわからないなんらかの理由と条件の合致《がっち》の末、不運にも目をつけられただけに違いない。そこでこちらが取れる対策といえば、スマホにたっぷりと塩を振りかけることくらいだ。

再び息を深く吐いたところで、杏は、はっと顔を上げた。

(そうだ、室井さん！)

杏は工房の扉に目を向けた。扉は、閉まっている。室井が出てくる気配もない。

なんだか嫌な予感がするが、室井を放って帰るわけにはいかない。

怖々と扉に近づいた時、握ったままだったスマホが再度着信音を響かせた。今の杏には雷に打たれたに等しい衝撃だった。「やだっ……！」と、小さく叫び、感電したかのようにスマホを放り投げる。

玄関前の踏み石に衝突したスマホが、がしゃっと硬い音を立てた。

その音に、杏は幾分《いくぶん》冷静さを取り戻した。慌てて身を屈《かが》め、スマホを拾う。

「ああ〜！　嘘でしょお……、電源つかなくなってる！」

どこをタップしても真っ暗なままのスマホの画面を見て、杏は項垂《うなだ》れた。本体にひび割れなどはなかったが、その代わりにケースに亀裂が入っている。

なんの反応もしないスマホを見つめて意気消沈《しょうちん》していると、背後に、足音が迫ってきた。

杏は、スマホが壊れたショックも忘れ、しゃがみ込んだ状態で硬直した。

足音は、あっという間に近づいてきた。

そして、杏の真後ろでぴたりととまった。

「君」

という呼びかけとともに、後ろからポンと肩を叩かれた杏は、悲鳴を迸《ほとばし》らせて飛び上がった。自分の身を守るように胸元で両腕をクロスさせ、ばっと勢いよく振り向く。

「あ……、ごめん。驚かせたみたいだね」

杏の肩を叩いたのは、この工房の主《あるじ》である小林夫婦の息子、春馬《はるま》だ。

「入り口前で屈み込んでいたから、具合でも悪いのかと思って声をかけたんだけれど」

彼は困ったような目で杏を見つめた。

杏はまだ正常に頭が回らなかった。ひたすら茫然《ぼうぜん》と春馬を見つめる。

春馬は、そこはかとなく芸術家のような繊細《せんさい》な雰囲気《ふんいき》を漂《ただよ》わせる青年だ。背丈は百七十台前半で、細身。年は二十四、五あたりに見える。パーマがゆるくかかった短い黒髪に、白い顔。鼻の上にはうっすらとそばかすが散っている。

恰好《かっこう》は、秋の匂いを感じさせるものだった。たっぷりと身幅《みはば》のあるダークグリーンのセーターに芥子色《からしいろ》のストールを合わせている。下は、太めの黒いパンツだ。

「大丈夫？　……君は『ツクラ』の高田《たかだ》杏さんだよね？　あ、俺のことは覚えているかな」

彼は心配そうに尋ねたあとで、自分を指差した。

「――はい、もちろん覚えています。こんにちは、春馬さん。……少し立ちくらみしちゃったみたいで。でも落ち着いたので、もう平気です」

ようやくこの状況を飲み込み、杏は愛想笑いを作った。

まさか、あなたを幽霊と誤解して悲鳴を上げたのだ、とは言えない。

「少し顔色がよくないようだし、うちの工房で休んでいくといいよ。って、ひょっとして杏さんは、うちの両親の頼みでここに来た？」

こちらの体調を気遣うように言ってから、春馬は戸惑《とまど》いの浮かぶ表情を見せた。

「ええ、はい。といっても、春馬さんのご両親に頼まれたのは私じゃなくて、室井さんですよ。私は単なる付き添いです」

杏がいまだ去らない恐怖を押し殺してそう答えると、春馬は周囲に視線を向けた。この場に杏しかいないことを不思議に思っているようだ。

「室井さんは先に工房へ——ご両親が中にいらっしゃるんですか？」

春馬の視線が一度建物へ向かい、また杏に戻った。先ほどとは打って変わって、緊張した表情を浮かべている。

「いや、今日は誰もいないよ。俺は母さんたちの代理でここに来たんだ」

「代理？」

首を傾《かし》げる杏に、春馬は渋面《じゅうめん》を見せた。

「その、うちの両親が親しくさせてもらってる室井さんに馬鹿げた頼み事をしたと知って、謝罪するつもりでね。鍵も預かってきた」

彼は不機嫌にも取れるような早口で説明すると、ズボンのポケットに手を入れた。そこからキーホルダーのついた銀色の鍵を取り出す。女性のように細く白い指につまれたその鍵を、杏は無言で見つめた。

彼がなにを言いたいかわかった。鍵はこうして自分が持っているんだから、他人が勝手に工房に入れるわけがない。そういうことだろう。

杏たちは同時に工房へ目を向けた。

「……母さんたちはそそっかしいところがあるんだよね。昨夜、作業を終えてここを出た時に、鍵を閉め忘れたのかもしれないな」

春馬は緊張をごまかすように、もっともらしい発言をすると、ドアに手をかけた。

扉はやはり、開いていた。当然だ、室井が中に入っていったところを杏は確かに見ている。

春馬の横から杏は工房内を覗き込んだ。

この工房は造りこそ古いが、内部をすっかりリフォームしている。入ってすぐのスペースにはパンフレット棚《だな》などがあり、そこからすぐに展示部屋となっている。

しかし今は明かりがつけられておらず、内部はずいぶんと薄暗い。外が明るいので、なおさら暗く感じる。

杏は薄闇《うすやみ》に目を凝《こ》らした。次第にぼんやりと物の輪郭《りんかく》が見えてくる。

「室井さん？」

嫌な予感が増すのを感じながら、杏はそっと呼びかけた。彼はこの薄暗い中で、なにをしているのだろう。

春馬がパンフレット棚の横に手を伸ばした。そこに照明用のスイッチがある。

スイッチを上げるパチッという音とともに、明かりがつく。

近日公開予定の演劇と合わせた『おしゃべりな椅子たち』という展覧会の開催《かいさい》期間中なので、展示スペースには様々な形や色の椅子が置かれている。壁にも吊《つ》り下《さ》げられている。

だが、以前に訪れた時のように、杏はこの賑《にぎ》やかな光景を楽しむ気にはなれなかった。

「……室井さん？」

数多く飾られている椅子のひとつに、杏たちに背を向ける形で室井が座っている。

奇しくもそこはライトの下で、独特なスペースにいる効果もあってか、まるでスポットを浴びる舞台俳優のように見える。

他に人の気配はない。

室井はただ静かに椅子に座っているだけだったが、その後ろ姿になにか異様な気配を感じて杏は息を呑んだ。霊感体質の持ち主で極度の怖がりながらも常識的な室井が、勝手に工房に上がり込んで、明かりもつけずに無言で椅子に座っているなど、どう考えてもおかしい。

室井さん、と杏が再三呼びかけ、やはりいぶかしげな顔をしている春馬とともに彼に近づこうとした時だ。

「痛い」

と、室井がぽつりとつぶやいた。

「痛い、痛い、血が出ている」

室井のほうに近づきかけていた杏たちは、足を止めた。

彼がなぜ突然、不穏な言葉を放ったのか理解できない。

室井さん、と今度は春馬が硬い口調で呼びかけた。だが、杏同様に春馬も、不気味な発言をした室井に臆《おく》しているらしく、足を動かせないようだった。

「大丈夫ですか、室井さん。血って、どこか怪我でも――」

春馬の問いにかぶせるようにして、室井が呻《うめ》く。

「痛い。寂しい、苦しい。ああ、ああ、動けなくなる、身体が痺《しび》れる」

は、と春馬が絶句する。

「死んでしまう」

室井は正面を向いたまま、わずかに上半身を左右に揺らしながら、痛い、苦しいと繰り返す。

杏も春馬と並んで茫然と室井を見つめていたが、ふと彼が座っている椅子の種類に気づき、色濃い恐怖に襲われた。

ウィンザーチェア――いや、あれは、以前にここを訪れた時には壁に吊るされていたバズビーズチェアだ。妻の父親を絞殺《こうさつ》して処刑された男が愛用していたという呪《のろ》いの椅子。

　ヴィクトールから聞いたその話を思い出した瞬間、杏は、もしかして室井はバズビーの霊に憑依《ひょうい》されているのではないかと考え、身を震わせた。先ほどの異様な発言は、処刑されたバズビーの嘆《なげ》きのように思える。

（ど、どうしよう⁉）

　杏は混乱した。自分は本職の祓い屋ではない。霊に憑依された室井をどう元に戻せばいいのか、さっぱりわからない。そうだ、物知りなヴィクトールに電話で対処法を聞いてみよう。いつも彼は杏に答えをくれる。今回だってきっと——いや、スマホはさっき放り投げて壊してしまったじゃないの！

　杏は心の中で自分を罵《ののし》った。

（待って待って、まだ塩が残ってる！）

　室井に振りかけよう。お守りも押し付けよう。自分にできることなんて、それくらいしかない。

　杏は恐怖を飲み下すと、室井のほうへ足を動かした。

　しかし、数歩進み、杏はなにかに躓《つまず》いて転倒しかけた。「なんなの、足元に物なんか置かないでよ」と恐怖をごまかすために八つ当たり的なことを考え、床に視線を落とす。

　ナイロン製の茶色いリュックがそこに落ちている。リュックと言っても、単純に入れ口をぎゆっと紐《ひも》で絞《しぼ》るタイプのチープな作りのものだ。

中に物が詰め込まれているため、袋はいびつな形に膨《ふく》らんでいる。杏が足をぶつけた拍子に、緩《ゆる》んでいた入れ口から財布が飛び出したようだ。黒っぽいぺらっとしたその財布を、杏はじっと見つめた。誰かが荷物を忘れていったのだろうか。

しかし持ち主不明のリュックを気にしてはいられない。

リュックの横を通って室井に近づこうとしたが、杏はまたも躓いた。慌てていたのと恐怖とでひどく混乱していたせいで、今度は、床に伸びていたリュックの紐に爪先《つまさき》がひっかかったのだ。

杏は大きくつんのめった。このままだと椅子に腰掛けている室井に激突する。そう焦《あせ》ってとっさに伸ばした腕が、室井の肩を摑む。結果的に、彼の両肩を勢いよく叩くような形になった。

「ご、ごめんなさい!!」

転倒するのは避けられたが、そういう問題ではない。

杏は青ざめながら急いで室井の正面側へ回った。

「……んっ？」

室井と目が合った。

彼は、きょとんとした。

「あれ、杏ちゃん？」

何事もなかったように室井が椅子からすっと立ち上がる。その後、不思議そうに周囲を見て、棒立ちになっている春馬に気づき、驚いた顔をする。

「あ、こんにちは、春馬君」

それからほがらかに笑って挨拶《あいさつ》をする室井に、春馬は先ほどよりも怯えた表情を見せた。

杏は一度ごくっと喉を鳴らしたあと、室井の腕を強く掴んだ。

「身体は大丈夫ですか、どこかおかしいと感じるところはありませんか！」

杏が前のめりになって口早に尋ねると、その勢いに圧倒された室井がひるんだ様子でわずかに身を仰《の》け反《ぞ》らせた。

「身体って、いったいなんの話ですか？」

「……覚えていないんですか？」

恐る恐る尋ねる杏を見て、室井はしばらく眉根《まゆね》を寄せていたが、やがて嫌な想像をしたらしい。目の端が緊張を表すように数度、痙攣《けいれん》した。

「今、室井さんは奇妙な独白をしていました」

彼が不審な行動を取り始めてからの流れについてを詳しく説明するか迷った時、茫然としていた春馬が息を吹き返した様子で身じろぎし、大股《おおまた》でこちらに歩み寄ってきた。

「これって俺に対する母さんたちの仕返しですか⁉」

と、彼は目の縁《ふち》を赤く染めて激しい剣幕を見せた。

「俺のやったことに気づいた上で、もう口出しするなって脅《おど》してでもいるんですか！」

不可解な怒りにぎょっとする杏たちを、彼は順に睨《にら》み付《つ》けると、吐き捨てるような口調でそう続けた。

杏は、男性の怒鳴り声が大の苦手だ。とどろく雷鳴を連想してしまう。頭が真っ白になってなにも言い返せなくなる。

気圧《けお》され、身を竦《すく》ませた杏を庇《かば》うように、室井が慌てて春馬と向き合う。

「待ってくれ、春馬君。すまないが、話がよくわかりません。仕返しってなんのことです？その前に、ここは……イロドリさんの工房の中ですよね。いつの間に俺はここに入ったんだ？いや、からかっているわけじゃないんですが、どうも記憶が曖昧《あいまい》で――」

室井の表情が次第に恐怖にまみれ、青ざめていく。

彼の変化を見て冗談を言っているのではないと理解したのか、春馬がふっと目を瞬《しばた》かせて先ほどまでの荒っぽい気配を消した。しかし完全に冷静さを取り戻したわけではないらしく、心の乱れ具合を示すように視線を泳がせ、片手で口元を覆《おお》う。

「こんなこと、ありえない……。本当に母さんたちの言うように幽霊が出て、室井さんに取り憑《つ》いていたとでも？」

春馬は、非現実的な自分の発言を、杏たちに笑い飛ばしてほしかったのかもしれない。

しかし、杏も室井も、なにも答えられなかった。

なにせ杏たちはしょっちゅうポルターガイストに悩まされている。

「……幽霊？　ちょ、ちょっといいですか。杏ちゃん、どういうことです？　俺が……なにかしたんですか？」

室井が唇を震わせて、か細い声で尋ねた。

杏はつい目を逸《そ》らした。どう答えても、彼を打ちのめしてしまいそうだ。

「ドアを開けたら、部屋の奥に犬がいたように見えたんですよ。それで、気になって中に——、中に入ったのか、俺は？　いや、入ったんですよね、こうしてここにいるわけだから……あっ待ってくれ、本当になにも思い出せないんですが、どういうことだ」

卒倒しそうなほど青ざめて震える室井の背を、杏は無言で撫《な》でた。春馬が「犬」と小声でつぶやいたことに引っかかりを覚えたが、そちらを気にするよりもまず、恐怖で息絶えそうになっている室井を宥《なだ》めねばならない。

「……この工房の幽霊騒ぎを作り出したのは、俺です。だから、真っ赤な嘘なんだ、全部。そのはずなんだ」

杏が懸命に室井を慰《なぐさ》めていると、彼と同じように青ざめていた春馬がふいに温度のない声で言った。

「……真っ赤な嘘？」

室井の背をさする手をとめ、杏は春馬に視線を動かした。春馬は、項垂れた。

「そうだよ。母さんたちがどんな反応を見せるか知りたくて、劇団員に協力を仰《あお》いで、偽物《にせもの》の幽霊を作り出した。と言ってもそこまで凝った細工はしていない。単に、窓辺にそれっぽく立ってもらったり犬のぬいぐるみを置いたりしただけだ。それなのに――本当に、彼らの幽霊が出たっていうのか？」

杏と室井は、恐怖を一時忘れて、顔を見合わせた。なぜわざわざ自分の両親を驚かせるような計画をしたのかも謎《なぞ》だが、それ以上に引っかかる言葉がある。

「あの、『彼ら』って」

杏は、小声で尋ねた。

「母さんたちが昔、殺したおじさんと飼い犬だ」

春馬の衝撃的な答えに、杏たちは唖然とした。

8

別の理由で混乱する室井《むろい》と春馬《はるま》には、落ち着く時間が必要だった。

この建物内で一番日差しが入り込む明るい場所は、奥側にある半円状のスペースだというので、三人でそちらへ移動する。ここはおしゃべり椅子……優美な作りのカクトワールが置かれているスペースでもある。彼らは、カクトワールにぐったりとした様子で腰掛けた。

春馬に許可をもらって、窓のブラインドを全開にする。少しでも日差しを取り込んで恐怖心をやわらげる目的だ。

こちらへ移動したのち、杏《あん》は、室井にスマホを借りてヴィクトールに連絡を入れた。室井の様子を見る限りでは帰りの運転も危ぶまれたので、もしも迎えに来てくれそうならと思ってのことだった。

だが、よく考えれば、ヴィクトールを頼らずともタクシーを呼べばそれで事足りる。杏もなんだかんだパニックが継続していたのだろう。

それに、やはり不安だった。春馬の告白内容も恐ろしかったし、室井がバズビーの霊と思《おぼ》しきものに憑依《ひょうい》されたのもショックだった。

幸いにしてヴィクトールと連絡がつき、一時間以内にこちらへ来てくれると約束してくれた。

(ヴィクトールさんが来るまでは、私がしっかりしなきゃ)

杏はそう決意して、顔色の悪い二人にあたたかい飲み物を買ってこようと考えた。確か駐車場の近くに自動販売機があったはずだ。

しかし杏が外へ出ようとするのを、室井が全力で引き止めた。まだまともに動けそうにないが、この場に置き去りにされるのはごめんだ、と切実な調子で力強く訴《うった》えられたため、外出は断念するしかなかった。すると春馬が、階段の隣にある簡易キッチンに紅茶や珈琲《コーヒー》を置いている、と教えてくれた。杏はそこを借りることにした。ちょっとした飲み物の準備なら、バイトのおかげで慣れっこになっている。

熱い紅茶を水のように飲み干した二人のために、もう一度淹《い》れ直《なお》し、それから少しの間、三人で無言の時間をすごす。

しばらくして、二杯目が空《から》になったあと、三杯目のおかわりを用意しようと杏はキッチンへ向かった。湯気の立つカップをトレイに載せ、二人の待つスペースへ戻ろうとしたところで、チャイムも鳴らさずに工房の中へ入ってきたヴィクトールと鉢合《はちあ》わせした。

連絡を取ってから、まだ一時間は経過していないはずだ。時計を持っていないので正確な時間はわからないが、体感では四十分ほどか。どうやら彼は、急いで工房に駆けつけてくれたらしい。

今日のヴィクトールは、ダークブラウンのトレンチコートに黒いパンツというシックな恰好《かっこう》だ。

彼は、杏の前で足を止めると、じろじろと無遠慮《ぶえんりょ》な目でこちらを眺《なが》め回《まわ》した。杏も同じようにヴィクトールを見ていたが、それはどんな状況下でも「この人は、素敵だ」と花開く恋心が原因だった。今の彼の心境とはおそらく天と地ほども差があるに違いない。

「……あのさあ」

杏の観察をやめたヴィクトールが、顔を歪《ゆが》めて溜め息まじりに言った。

「いきなり『殺人現場にいて、室井がバズビーの霊に乗っ取られた』とかっていう最高に意味不明な発言をして俺を混乱させておきながら、なにを呑気《のんき》に給仕しているんだよ……」

「す、すみません。これにはわけが……あの、『殺人現場』ではなくて『殺人があったという告白を聞いた』と言ったつもりでした」

「もうどっちでもいいよ」

と、いつもはちょっとした言葉のニュアンスを大事にするヴィクトールが投げやりに答えたので、杏は驚いた。

「俺の今の気持ちが、わかる?」

杏は返事に困った。決して悪ふざけでヴィクトールを呼び付けたわけでもなければ、楽しむために給仕の真似事《まねごと》をしているのでもない。

「俺って、君に振り回されているなあ……」

ヴィクトールはしみじみとした口調でつぶやいた。

これには大声で言い返したくなる。いつだって振り回されているのは、杏のほうだ。

が、本音を正直に告げてしまうほど、杏は無謀《むぼう》な性格ではない。

「真剣に考えなくたって『そんな馬鹿な話はない』とわかる電話なのに、こうして必死に駆けつけるんだから、俺も大概《たいがい》どうかしてる」

自嘲《じちょう》の響きを帯びた言い方に、杏は畏縮《いしゅく》しながら再び「すみません」と口にした。

「いや、杏が謝ることじゃないんだよ。行動自体は、俺自身の責任だ」

彼は面倒そうに軽く手を振った。

「それで、君は無事なんだな」

気持ちを切り替えた様子でそう問われ、杏はようやくヴィクトールの心情の一端がわかった。

彼はありえぬ話だとほとんど確信しながらも、万が一、杏が危険な状況に置かれているのではないかと心配して、急いで駆けつけてくれたのだ。

「はい、無事です」と、感謝をこめて答えたあと、

「でも室井さんがちょっと大変で……ヴィクトールさんが迎えに来てくれたら安心だと思って、それで電話させてもらったんです」

杏は、彼を見上げてはにかんだ。

ヴィクトールは、唇の端を歪めると、自分の髪をぐしゃぐしゃと片手で掻《か》き乱《みだ》した。

「ああ、はいはい。俺は頼りになる男だよね。殺人犯もバズビーも俺が蹴《け》散《ち》らせばいいんだろう？　いいよ、やってあげる」

なんだか拗《す》ねているような、いや、八つ当たりをしているような……、どう判断すべきか迷う反応だ。

とりあえずヴィクトールの分の飲み物も追加で用意しよう。そう結論づけて、キッチンへ戻りかけたら、杏の思考を読んだ彼に「それ、先に運んできなよ」と声をかけられた。

その彼の視線が、ふとなにかに引かれたように床へ向かう。ヴィクトールの視線を辿《たど》れば、床に打ち捨てられたままのナイロン製のリュックがあった。

「あ、それ……」

「なんだ？」

杏は拾おうと思ったが、あいにくと両手はトレイで塞《ふさ》がっている。

まごまごする杏の代わりに、ヴィクトールが身を屈《かが》めて、リュックと、そばに転がっている財布も手に取った。

彼は眉《まゆ》をひそめてその二つを交互に見た。

「私と室井さんがここに来る前から、どうもそこに落ちていたみたいです。お客さんの忘れ物かな」

杏の予想にはなにも答えず、ヴィクトールはためらいなくリュックの口を開いた。中を覗き込んだあと、やはり躊躇《ちゅうちょ》する様子もなく手を突っ込む。

取り出したのは別の財布と、ゴミらしきくしゃくしゃにされた封筒、小型の工具入れやパーティーなどで使うゴム風船入りの袋、折り畳《たた》んだチラシだった。『おしゃべり』『演劇』などという文字が印字されているようだ。

好奇心に負けて横から覗き込むと、それら以外にもリュックには、同じように畳まれたチラシが詰め込まれている。

杏は、近日公開予定の『おしゃべりなハムレット』のチラシかと納得した。ということは、このリュックは、工房のスペースを借りて夜間に稽古《けいこ》をしている劇団員の忘れ物ではないだろうか。だとしても、なぜ財布が複数入っていたのだろう。

ヴィクトールは、なにも言わずにそれらをリュックの中に戻した。しかし、なぜか急に嫌なものにでも触れてしまったかのような、不快げな顔つきに変わっている。

「……ほら、行こう」

彼は指先に、嫌々の様子でリュックの紐《ひも》をぶら下げてから、杏を促《うなが》した。

ヴィクトールとともに二人の待つ場所へ向かうと、室井も春馬も驚いたように俯《うつむ》けていた顔を上げてこちらを交互に見た。

杏はトレイをチェストの上に置き、ソーサーに載せたカップを「どうぞ」と二人に手渡した。彼らがおしゃべり椅子であるカクトワールに座っていることもあって、なんだかこれから本当にお茶会でも始めるかのような、妙な気分になってくる。

ヴィクトールの分の飲み物も用意しようと再びトレイを持ったが、杏がこの場を離れる前にヴィクトールが片手を腰に当てて彼らを冷ややかに見下ろした。嫌そうに持っていたリュックは、足元に置いている。

「バズビー退治と殺人現場の解明にやってきた霊感鑑識官のヴィクトールだ」

ふんぞり返るヴィクトールの突飛《とっぴ》な名乗りに、杏はぎょっとした。二人も目を見開いている。

「それで、なぜバズビーの霊魂が室井武史《たけし》に乗り移ったという異様な説が誕生したのか、さらにはなぜ小林《こばやし》春馬までもが、親が犯したという殺人の告白を始めたのか、その理由を、いちから、包み隠さず、ごまかしなしで俺に聞かせろ」

彼は顎《あご》を上げて、高慢な態度で言い放った。

杏たちは揃《そろ》って、ぐっと呻《うめ》いた。

第三者から冷静に、かつ皮肉げにこう言われると、それまで慌てふためいていた自分たちが途方もなく間抜けに思える。

押し黙る室井たちを見てから、杏はトレイを抱《かか》え直《なお》し、ヴィクトールに呆《あき》れられる覚悟を決めて口を開いた。

「……こちらの工房に入る直前に、私のスマホに電話がかかってきたんです」

霊感鑑識官のヴィクトールの視線が杏に向いた。

「杏のスマホに？　……スマホをここに持ってきていたのか。じゃあなぜ俺への連絡を室井武史のスマホからしたんだ？」

どうやら彼は、杏がスマホを所持していなかったから室井のものを借りたと勘違いしていたらしい。普通はそう考えるのが自然だ。

「持ってきてはいたんですが、さっき外で落としてしまって、電源が入らなくなったんです」

落とした理由に関しては、ここで説明すると話が長くなりそうだったので伏せておくことにした。

勘のいいヴィクトールは初めこそ怪訝《けげん》そうにしていたが、杏が意味深に見つめ返すと、なにか不吉な気配を察したらしかった。そこを深く追及しようとはせず、さっさと話を先に進める。

「へえ、その後は？」

「……。私が、壊れる前の自分のスマホで電話をしている間に、室井さんが一人でこの工房に入ったのですが――」

と、杏はその後の流れを、事細かに説明した。

通話後、スマホを壊して落胆《らくたん》していた時に春馬が現れたこと。そして春馬とともに工房の中へ入ったらバズビーズチェアに座った室井を発見したこと。しかし室井の様子がおかしかったこと、不気味な独白をし始めたこと。床に落ちていたリュックに蹴躓《けつまず》いた杏が室井に衝撃を与えた形になり、それで彼が正気に返ったこと。室井にその間の記憶はなく、工房に入る前に犬の姿を見たということ。それから、春馬の衝撃的な告白内容について。この工房で起きていた幽霊騒ぎは、彼の仕業《しわざ》だったことも説明させてもらった。

「あ、ヴィクトールさんが持ってきたリュックは、たぶん劇団員の方の物だと思いますので、渡してあげてください」

杏は、ヴィクトールの足元にあるリュックを指差して春馬にそう告げた。

春馬は不思議そうにそれを見ると、小さくうなずいた。「すみません、ちょっと連絡を入れますね」と一言断りを入れて、スマホをポケットから取り出し、すばやく操作したのち、すぐにまたしまう。リュックの件を劇団員に伝えたらしい。

杏はその様子を見て、へえ、と思った。劇団員にスペースを貸し出すことを渋っていた割には、しっかり彼らと連絡先を交換していたのか。いや、幽霊騒動にも協力してもらっていたという話を思えば、それも当然か。

春馬がスマホを操作する短い間、ヴィクトールはなにをしていたのかというと、それと知らず苦いものでも口に含んだかのように眉間《みけん》に皺《しわ》を作り、杏をじっと見ていた。……色々な意味で心臓に悪い視線だ。

「杏、素直さは君の美徳だが、最大の欠点もそこだ」

ヴィクトールが淡々と指摘した。杏は目を合わせられなくなった。

「バズビーズチェアに座ったから、バズビーの霊が出たと思ったのか？　……なあ、以前にもなにか今回と酷似《こくじ》した発言をされたという記憶があるんだが。ああそうだ、ダンテスカという名前の椅子だからダンテの霊が現れたとか、聞いた覚えがあるな」

杏にとってはエッジのききすぎた彼の皮肉に、ごっそりと精神が抉《えぐ》られる。

「なぜ約二百年の時を経《へ》て、なおかつなぜ国境まで越えてこの場にバズビーの霊が復活したのか、という問題の前にだ。重大なことを杏は忘れているだろ」

「……なんでしょうか？」

もうこの時点で杏は白旗をあげたくなっていた。が、ヴィクトールは降参する時間すら与えてくれなかった。

「これは、レプリカだと前に説明したよな？　レプリカにもバズビーの魂《たましい》が宿ると考えたのかな」

恥ずかしさで頬が熱くなる。できることなら全力でこの場を駆け去りたい。

「あれか、レプリカチェアは、分霊社のような役割を果たしているということか？　ところで杏、このタイプは典型的なウィンザーチェアであるとも俺は説明したよね」

「……そうでしたっけ」

「そうだよ。つまり、希少価値はなく、よく見かける形だ。全国にいったい何脚存在するだろう？　すると、勧請《かんじょう》された神仏同様に、全国の椅子すべてにバズビーの魂が宿る可能性が秘められているわけか」

「……すみませんでした！　混乱していたので、ついそんな妄想《もうそう》に取り憑《つ》かれたんです！」

杏が自棄《やけ》になって叫ぶと、取り憑かれていたのは室井武史だけれどね、とヴィクトールは冷淡な口調で言った。

「室井武史が、死ぬだの血が出てるだのと不気味な独白をしたから、バズビーの処刑の話とリンクさせてしまったんだろう？」

「もうやめてください……」

トレイを持っていなければ、杏は両手で顔を覆《おお》っていただろう。

情けなさでいっぱいになった杏を、室井がはらはらとした様子で見ている。春馬は少し同情するような視線を向けてきた。ヴィクトールにそんなつもりはなかっただろうが、彼の冷静な発言のおかげで二人の恐怖心も薄まったように見える。

「なんでも疑わずに受け入れるその素直な感性を、どうして別のところに向けなかったのかな」

ヴィクトールが容赦《ようしゃ》なく杏を追い詰めた。

室井たちの顔色が回復したのは嬉しいが、その辺で本当にやめてほしい。

こう考えると、以前は吊るされていたはずのバズビーズチェアが床に移動されていたのだって、単純にその後配置替えがあったからだろう。

「実際に取り憑いていたのはなんなのか、その正体については、室井武史が既に答えを口にしているじゃないか」

「え⁉」

杏は羞恥心《しゅうちしん》を振り切って、平然としているヴィクトールを見つめた。

「犬、だ」

彼の端的な答えに、えっ、と杏は驚いた。

「犬？　犬の霊が憑依していたってことですか⁉　……そ、そんなこと、ありえます⁉」

「バズビーの霊憑依説よりはありえるよ。なにしろ猫の霊だって人に取り憑く多様な時代だからな」

ヴィクトールは冗談なのか本気なのかわからない発言をする。

「室井武史は犬を目撃したのちに様子がおかしくなったんだろ？　だったらその犬をキーと考えるのが自然じゃないか」

なにか反論したい、と身悶《みもだ》える杏をよそに、ヴィクトールは澄ました顔を見せる。

「ヴィクトールさん」と、春馬が突然、硬い声を聞かせてカクトワールから立ち上がった。手に持ったままだったソーサーを、少し乱暴にチェストの上に置く。

「あなたまで本当に、幽霊が存在すると……犬の霊がいたのだと信じるんですか？」

「俺が信じようが信じまいが、あるいは小林春馬が信じようが信じまいが、どうでもいいことだよ。見えないものは信じないという人は多いし、なんなら見えるものさえ信じない人だって無数にいる」

ヴィクトールは鬱陶《うっとう》しげに答えた。

「そういう哲学めいた答えは求めていないんですが」

春馬も、攻撃的に言い返す。

「別にそんな意図はないし、俺は悪魔の証明をする気もない。だが少なくとも今の小林春馬は、霊の存在を信じていない……それでも単なる恐怖や不安のシンボリック的な概念《がいねん》にすぎない、と否定できなくなっているんだろ？」

「はっ？　子どもじゃあるまいし、俺が、幽霊の存在を信じて怖がっているって？」

「厳密《げんみつ》には違う」

ヴィクトールはそこで魅惑的に微笑《ほほえ》んだ。

「どんな事情を抱えているかは知らないが、小林春馬は両親が『おじさんと犬』を殺害したと考えているんだろう？　偽《にせ》の幽霊騒動を起こした理由もそのあたりが絡んでくるのかな。だから、元々霊魂《れいこん》の存在には否定的なのに、犬の霊が室井武史に乗り移ったという馬鹿げた話を無視できなくなったんだ。偶然の一致と片付けるには、あなたは両親が犯したという犯罪に囚《とら》われすぎている」

春馬はその瞬間、心を切り刻まれたような顔をした。

杏は、ヴィクトールさん、と彼のコートのベルトを小さく引っぱった。慣れていない人には、ヴィクトールの言葉は鋭利《えいり》すぎる時がある。だが、人類嫌いで皮肉屋な霊感鑑識官は、振り向いてもくれない。

「俺にわかるのはここまでだよ。幽霊話よりももっと警戒しなきゃいけないことが小林一家にはあると思うけれど、俺には関係ないし」

「ヴィクトールさん」

杏は再度名を呼び、咎《とが》めた。人類嫌いめ。

「とにかく、もう小林一家の問題に、うちの従業員を巻き込まないでくれ。この彼女はすぐに変な想像をして走り回るし落ち込むし気軽に霊も呼び寄せる。これでも俺は、慰《なぐさ》めるのが大変なんだ」

大人の余裕みたいな雰囲気《ふんいき》を匂わせるヴィクトールを、杏と室井は温度のない目でじいっと見つめた。

聞き捨てならない。むしろ杏のほうがよくヴィクトールを慰めていないだろうか？　彼は、ことあるごとに人類嫌いを拗《こじ》らせて鬱々《うつうつ》とする。

ヴィクトールは、用はすんだとばかりに顔を背《そむ》け、帰りたがったが、肝心《かんじん》なことはなにも解決していないように思えて杏はもやもやした。

（結局、室井さんに取り憑いた犬の霊はなんだったの？）

それに、杏のもとにも犬の霊、そして男の霊が現れている。これは春馬の両親が殺したという「おじさんと犬」と合致《がっち》しないだろうか？　それこそ、『偶然の一致』とは思えない。おそらく両者は同一の霊だろう。

とすると、彼らと関わってしまった以上、なんらかの形で解決しない限り、いつまでも杏のもとに犬と男の霊が現れ続けるのではないか。

（私も今度から、幽霊相談所の調査員ですとか名乗ってバイトでも始めようかな）

そんな考えが頭に浮かぶくらい、杏の周辺で幽霊騒動が頻発《ひんぱつ》している気がする。

「あの、今じゃないけど、私もたぶん、犬の……トイプードルの霊を見たことが……」

と、杏が恐る恐る口を開いた瞬間、唇を噛みしめていた春馬があからさまに顔色を変えた。

ヴィクトールも、なぜ余計なことを言った、と責めるような視線を寄越す。

「トイプードル？　本当に？」

春馬が大股《おおまた》で杏に歩み寄ってきて、肩を摑んだ。

杏は彼の怯《おび》えと肩を摑む手の力の強さに驚き、身を強張《こわば》らせた。

「やめろ」と、ヴィクトールが気分を害した様子で乱暴に春馬の手を杏の肩から払い除《の》ける。

「あ、ごめん、でも、本当に……？」

混乱したつぶやきを漏らす春馬の腕を、普段の調子を取り戻した室井が優しく引いて、再びカクトワールに座らせた。

「さあ、落ち着いて。よかったら、俺たちが話を聞きますよ」

室井は、そう穏やかに語りかけた。小林夫婦から、幽霊騒動の解決を頼まれていることを思い出したようだ。それに春馬が関係しているのなら、きちんと話を聞くべきだと思ったらしい。

「室井武史まで裏切る」と腹立たしげにこぼすヴィクトールに、杏は微笑みかけた。悪意はなかったにせよ、先ほどは春馬に迫られて少し恐ろしかった。ヴィクトールが助けてくれて、ほっとしたのだ。

「小林君たち……春馬君の両親が殺人を犯したというのは、本当の話なのかな？」

彼の隣の椅子に腰掛けた室井が、子どもに語りかけるような口調で尋ねる。杏も、気分を落ち着かせようと、チェストに置かれていた飲み物を春馬に渡した。少しぬるくなっているかもしれない。

「……幼少の頃のことです」と、春馬はカップに口をつけて深い溜め息を落としてから、観念した様子で話し始めた。彼の目の下にうっすらと隈《くま》があることに、杏は気づいた。

「隣の家に、年配の男性が一人で住んでいました。彼は犬を飼っていたので、俺はよく遊ばせてもらっていたんです。自宅の横に作られていた両親の作業場で、その犬を連れて冒険の真似事をしてました。危険だから入るなと注意されてはいたのですが、木製の椅子や楽器が置かれた作業場は、当時の俺にとっては未知の世界でしたので」

「木工の作業場ですよね？」

杏は念のため、尋ねた。確かに雑多なもので溢《あふ》れる作業場は、子どもにとってはわくわくする遊び場だ。

「そうだよ」

春馬が顔を上げて、少し笑った。彼には繊細《せんさい》な雰囲気があるので、そういう儚げな微笑み方がよく似合った。

「隣人の男性と俺とは、仲がよかった。顔を合わせた時にはよく菓子やジュースをくれました。気に入ってよく持ち歩いていたキャラクターのショルダーバッグにね、お菓子を目一杯詰め込んでくれるような、茶目っ気のある人だったんです。でも両親とは気が合わないみたいで、当時、しょっちゅう口論していたのを覚えています。俺がおじさんのところで遊ぶのをあまりよく思っていないようだったな」

春馬は、過去を覗くかのようにカップの中をぼうっと見つめた。

「そしてある日、作業場に置かれていたピアノに、血痕《けっこん》がこびりついているのに気づいたんです」

「血痕⁉　ペンキじゃなくて？」

杏がおののいて尋ねると、春馬は力なく首を横に振った。

「違うよ。……両親が作業中に怪我をした時、血が木材に付着したことがある。それと同じ色だったから、すぐに血だとわかったんだ。でも、両親に怪我をしたのかと聞いても、していないと言う」

彼は、強く瞼《まぶた》を閉ざした。その、薄い瞼の上に、苦悩と恐怖が色濃く滲《にじ》んでいる。

「それと平行して、隣人の姿が見えなくなりました。犬もね。おまけに、気に入っていたショルダーバッグまでもが消えた。おじさんたちはどうしたのかと尋ねても、おまえには関係ないと両親からひどく叱《しか》られました。その後、血痕付きのピアノも消えた」

「えっ、どういうことです?」

「当時の俺もあのピアノはどこに行ったんだとしつこく両親に聞いたんですよ。そうしたら、買い手がついたとかで。それ以上は詳《くわ》しく聞けなかった。というより、おじさんたちのことを聞いた時のようにこっぴどく叱られた。さらにはね、妙に慌ただしく俺たちも引っ越しすることが決まったんだ」

「……それで春馬君は、ご両親が隣人と飼い犬を口論の末に殺してしまったと思ったんだね。引っ越しもそれが理由だと」

室井が真剣な口調で尋ねると、春馬は顔を暗くした。

「ずっとそのことが気にかかっていて、両親とは今もぎくしゃくしたままです。……でも成長するにつれ、いくらなんでも両親が殺人を犯したなんて疑うのは馬鹿げてると思うようになった。それで、いつまでもずるずると悩むくらいなら、って、高校生の頃におじさんのことを調べたんですよ。どこかで生きているはずだとわかれば、安心できる。元の家があった場所に戻ってね、刑事みたいに、近所の人に聞き込みです」

「おじさんは、見つかったんですか？」

答えは薄々わかっていたが、願望をこめて杏は尋ねた。

「いいえ。おじさんは、行方《ゆくえ》不明になっていた」

春馬は、泣き笑いのような表情を見せた。縋《すが》るようにカップを両手で持っている。

「彼にも家族がいたようだけれども、そちらとも気が合わなかったらしくて、離れて住んでいたそうです。おじさんが行方不明になったあと……そして俺たちが引っ越しをしたあと、彼の家族が隣家を訪れたと聞いています」

疑惑を解消するつもりが、逆に強まってしまったようだ。

「聞き込みをしている時にね、近所の人に言われたんですよ。隣に住んでいた一家と揉《も》めていたようだ、あの人が行方不明になったのってその隣人が殺したんじゃないのって」

「は⁉」

と、杏と室井は同時に大声を上げ、やはり同時に口を手で押さえた。

ヴィクトールだけは会話になんの興味も示さず、床に置かれたままのリュックをつんつんと靴《くつ》の先で蹴っている。人の物をそんなふうに蹴ってはいけません、という意味で、杏は、驚きの目を春馬に向けながらもヴィクトールの腕を自分のほうに引っぱった。

「もうそれ以上調べるのが嫌になって——全部忘れようとしたのに、両親と離れて暮らし始めた頃、あの血痕付きのピアノを購入した人を見つけてしまいました。これは本当に偶然です。俺はデザイン会社に勤めているんですが、その関係でイベント用のパンフレットも作っています。渡された素材画像に、両親が売り払ったピアノが写っていたんですよ」

忘れようとしていた恐ろしい記憶が、それで蘇《よみがえ》ったということだろうか。

「もう見て見ぬふりが続けられなくなりました。これ以上真実から目を逸《そ》らしていたら、自分がだめになりそうで――でも、はっきりと両親に問い質《ただ》す勇気もなかった。できれば、両親の口から本当のことを話してほしいと思いました。それがどんな答えであっても」

「ひょっとして、小林さんがこの間、ピアノと結婚したいって言い出したのは……」

杏が恐る恐る尋ねると、春馬は目を丸くしてから、笑った。

「はい、そうですよ。両親の反応を見るために、とっさにあんな馬鹿げた嘘をついたんです。両親が犯した罪を知っている、当時のことが原因でピアノに囚われ続けているんだ、って遠回しに責めるためにね。ここで幽霊騒ぎを計画したのも、その一環《いっかん》からです。無関係なあなた方まで巻き込むことになるとは思わなかったけれど」

春馬が態度を一変させて、どこか興奮した様子で告げた。

杏と室井は、話の途中から目をぎらぎらさせ始めた彼を見て、圧倒された。だがその時、

「――珈琲が飲みたくなってきた。向こうにキッチンがあるのか？」

と、暇《ひま》そうにしていたヴィクトールが、空気が読めないにもほどがある呑気な発言をした。

（今のタイミングで、それを言う⁉）

杏たちは全員呆気《あっけ》に取られ、さっと身を翻《ひるがえ》してキッチンのあるほうへ去っていくヴィクトールを見送った。それまでの緊迫《きんぱく》した空気が霧散《むさん》し、杏はいたたまれない気持ちになった。

「す、すみません。ヴィクトールさんったら」

フォローの言葉が思い浮かばず、杏はただ冷や汗をかいた。

「ええ、その、少しばかり感性が独特なオーナーでして……」と、室井もぎこちなく言う。

笑いそうになったのか、それとも不謹慎《ふきんしん》だと怒りたかったのか、春馬が顔を歪めた。

皆が気まずく黙り込んだ時、扉の開閉音が響いた。誰かが入り口の扉を開けたようだ。奥まった位置にあるこちらにまで聞こえるということは、よほど乱暴に開け閉めしたのではないかと思われた。

それから、バタバタと足音が聞こえて、見知らぬ二十代の青年が杏たちのいるスペースに飛び込んできた。

彼は杏たちを見て、はっとしたように立ち止まった。

「あっ……」と、一言驚いたように声を上げて、しばらく放心してから、

「チャイムを鳴らさなくてすみません！　その、俺たちのバッグがあるって……」

青年の言葉で、劇団員の人か、と杏は納得した。

「ああ、うん」

ぽかんとしていた春馬が、おずおずとリュックを指差した。

青年は、慌ただしくリュックを摑むと、怯えた子どものように杏たちを見回した。どうやらチャイムも押さずに勝手に乗り込んできたことを、後ろめたく感じているらしい。何度も稽古場として利用しているから、つい勝手知ったるなんとやらという感覚で飛び込んできたに違いない。

「貴重品が入っているんですよね、慌てても当然ですよ」

杏は落ち着かせようと思って、そんな励《はげ》まし方《かた》をした。

青年は目をうろうろさせてから、曖昧《あいまい》な表情を見せた。乾いた唇を舐《な》めて、口を開く。

「ここでの稽古中、仲間の貴重品とかパフォーマンスに使用する小道具なんかをまとめてリュックに入れているんです」

それで財布が複数入っていたのか。不思議に思っていた点が解決して、杏はすっきりした。

「昨夜は僕が管理する番だったんですが、持ち帰るのを忘れちゃって……どこかで落としたのかもしれないと焦《あせ》っていたんで、はい、本気で慌てました」

それはあとで皆に怒られただろう。

春馬から先ほど連絡をもらって、急いで駆けつけたのもわかる。

杏は同情した。自分もうっかりを頻発するタイプだから気を付けたい。

「あの、じゃあバイトの途中で抜け出してきたので、僕はこれで……。お話し中に邪魔をしてすみませんでした」

「はい、舞台、がんばってください」

まだなにか青年に聞きたいことがあるような気がしたが、その正体が自分でもわからない。諦《あきら》めて、杏は頭を下げた。

リュックを腕に抱えて、慌ただしく身を翻した青年が、しかしろくに進むことなくぎくりと足をとめた。

こちらに戻ってきたヴィクトールの姿に驚いたようだ。

青年は一瞬怯えたような表情を見せたが、ヴィクトールの端整な容貌《ようぼう》に目を丸くした。よく作られた芸術品を前にしたかのように、立ち去ることも忘れて見惚《みと》れている。

杏は首を傾《かし》げた。珈琲を飲みたいと訴えていたのに、彼は手ぶらだ。思い返せば以前にも、初めは珈琲を強く求めていたのに、途中で気が変わったのか、それとも杏と会話をする間に忘れてしまったのか、飲まずじまいだったことがある。

「場所、わかりませんでしたか?」

珈琲缶やポットの置かれている棚《たな》がどれか判断できなかったのだろうかと思い、杏は尋ねた。

ヴィクトールは、眉をひそめた。

「あとで杏に淹れてもらうから、いい」

答えになっていない答えに、杏はむず痒《がゆ》いような気持ちを抱《いだ》いた。自分で用意するのが面倒になっただけかもしれないが、こういうちょっとした我《わ》が儘《まま》と甘えは、嫌ではない。

室井からは、物言いたげな、ぬるい視線を頂戴《ちょうだい》する。

わかってます、なにも言わないで、と杏も視線で頼み込んだ。

ヴィクトールは、リュックを抱えた青年をちらっと見下ろした。

「汚いムーミンママのバッグだよね」

杏も青年も、ヴィクトールの唐突な言葉に戸惑《とまど》った。

一拍遅れて、「そういえば以前にヴィクトールたちとムーミン談義に花を咲かせたな。ムーミンママのハンドバッグには色々な物が詰め込まれているんだっけ」と思い出し、次いで「……私もあのリュックに蹴躓いたり、紐を踏んでしまったりしたな」ということを思い出し、さらに「ヴィクトールさんも、さっき靴の先でつんつんと蹴っていなかった……？」と思い出した。よく見ると、青年が抱えるリュックの下部に、杏やヴィクトールが蹴った時に付着した白い汚れが見える。

杏はうなじが汗ばむほど狼狽《ろうばい》した。

「ご、ごめんなさい。さっき、その、床に落ちていたリュックに私が躓いちゃって、汚れがついたみたい！」

杏は青年のほうに手を伸ばして、その汚れをぱっぱと払った。ヴィクトールが故意に蹴っていたことは、どうしても言えなかった。しかしこの人は、他人の物を蹴っておきながら、なんて失礼な発言をするのか。

「いや、いいよ！　気にしないでください。僕ら、稽古中はあちこちに物を置くんで、多少の汚れはなんてことないですよ」

青年は、慌てて杏をとめた。

「汚いムーミンママのバッグが好きなそこの君、お詫《わ》びに彼女が珈琲を淹れるから、飲みなよ」

ヴィクトールが、うっとりするような微笑みを浮かべて青年を誘った。

杏は一瞬見惚れかけて、はっとした。待って、淹れるのは私か！　っていう前に、本当にヴィクトールさんってば失礼すぎる！

「ミルクとか、いる？」

「あっ、ミルクはいらないけど、角砂糖をひとつ」

ヴィクトールの美貌は同性にも効果を発揮《はっき》する。青年は逆《さか》らえずにこくこくとうなずいた。

いいですけどね、淹れますけどね！　と杏は、ヴィクトールの非礼さに青年が最後まで気づきませんようにと祈りながらキッチンへ行こうとした。だが、見かねたように春馬が「バイト中に抜け出してきたんじゃなかったのかな？　時間は大丈夫？」と青年を案じるような発言をした。

青年はやっとヴィクトールから視線を外し、我に返った。

「そうでした、すみません！」

今度こそ青年は去っていった。ヴィクトールも引き止めることはなかった。

「ヴィクトールさん……」

室井が呆れたようにヴィクトールを軽く睨《にら》む。元々冷酷《れいこく》なヤクザ顔をしているので、心臓によくない目つきだ。

ヴィクトールは慣れているのか、気にした様子もなく室井の視線をかわす。また淑女《しゅくじょ》のように品よく微笑んで、春馬を見やる。

「俺たちもこの辺でそろそろ失礼する。が、その前にひとつ」

「……なんでしょうか」

春馬は、ヴィクトールの人を惑《まど》わす微笑にも表情を変えず、身構えて彼を見た。

「小林春馬の両親は殺人犯じゃないから、安心するといい」

「……は」

「だから小林春馬も新しいムーミンママのバッグを用意しろ。その中に菓子を目一杯詰めてお供《そな》えでもしたら、きっと犬の霊も男の霊も成仏《じょうぶつ》するよ。じゃ、行こうか」

ヴィクトールは言いたいことだけ言って微笑を消すと、杏の手を取り、室井にも視線を送ってこの場から去ろうとした。

「……待って待ってヴィクトールさん！　爆弾だけ落として帰ろうとしないでください！」

杏は慌てて引き止めた。春馬は放心しているし、室井は頭が痛いというように苦い表情を浮かべている。ヴィクトールは全員を見回して、むっとした。

「もう俺は帰りたくてたまらないし、工房で杏の淹れた珈琲を飲むと決めている。迷える人類にはじゅうぶん貢献《こうけん》しただろ」

「もっと丁寧《ていねい》に説明してください！　なぜ小林さんのご両親は殺人犯じゃないって断言できるんですか！」

春馬の心を代弁した杏の問いに、ヴィクトールはあっさりと答えた。

「なぜって、さっき小林夫婦に電話して、事情を聞き出したからだよ」

はああ⁉　と杏と春馬は同時に叫んだ。

（珈琲を用意しにキッチンへ行ったと思ったら、小林さんたちに連絡をしていたのか）

てっきり場の空気を全力で無視しただけかと思っていたのだが、まともな理由だったことがわかって杏は少し反省した。春馬本人の前で電話をしなかったのは、万が一本当に彼の両親が殺人を犯していた場合を懸念《けねん》したから、とかだろうか。

（日頃の態度がアレなだけに、この人は誤解を生みやすい！）

身悶える杏をよそに、ヴィクトールは不満そうに彼を見た。

「俺は前に、小林春馬の両親に忠告しているんだけれどな。他人を通して聞き出そうとするんじゃなくて、本人同士で話し合えと。それが一番確実だというのに、小林一家は遠回りしすぎだ。こんなの、俺がしたように、電話一本すれば解決する問題なんだぞ」

確かにそんな話を小林夫婦にしていた気がするが、本人同士では直接言葉にできないことだってある。

「いや、でも、だったらどうしてピアノに血が。それになぜ急に引っ越しなんかをしたんです」

食って掛かる春馬に、ヴィクトールは難しい顔をして腕を組んだ。

「ピアノの血は、犬の血だ」

言葉を失う春馬に代わって、杏が尋ねた。

「どういうことですか？」

「隣人の飼っていた犬が、作業場に勝手に侵入《しんにゅう》していたそうだよ。それで、ピアノの蓋《ふた》にのぼった時、運悪く床に落下してしまったらしい。……ピアノの血痕はその時に付着したものだろうって」

杏は一瞬口ごもった。既に死んでしまっていることは、霊として顔を合わせているのでわかってはいたが、そんな救いのない真相を聞くと悲しくなる。

ヴィクトールは、杏と春馬を順に見ると、表情を優しいものに変えた。

「これに関しては俺の想像だけれど、小林夫婦は、作業場で犬の死骸《しがい》を発見した時、とっさにピアノの中に隠したんじゃないかな」

「ピアノの中……？」

ヴィクトールが、スペースの片隅に置かれているワイン色のピアノに近づいた。春馬が以前に「愛している」と嘘をついた、アップライトのピアノだ。

「これは本物の楽器じゃない。あくまで、装飾用に作られたものだ」

「装飾用？　演奏はできないんですか？」

てっきり本物のピアノかと思っていたので、杏は驚いた。導かれるようにしてヴィクトールのそばに近づく。彼はピアノの縁《ふち》を指先で撫《な》でた。

「内部まで作り込む必要はないから、空洞《くうどう》になっているんだよ。というより、小林夫婦が腕の確かな木工職人であっても、さすがにピアノの内部までは作れないだろ。あくまでも、ガワだけだ」

言われてみれば、本職の楽器職人ではないので当然だ。

「当時作業場に置かれていたピアノも、これと同じように空洞だったそうだ」

彼はピアノの蓋に手を置いた。中を覗いてみたいので手をどけてほしいと杏は思ったが、ヴィクトールは気づかない様子で春馬を見ている。

「小林春馬がその犬をかわいがっていたために、両親は事実を言えなかったんだ。ピアノの件も追及されたくなくて厳《きび》しくあたったんだろう。買い手が現れたというのも、嘘らしいよ。実際は血痕付きのものは処分された。小林春馬が素材画像で見たというピアノは、単純に、同じ型の別作品だ」

「……そんな」

畳み掛けられて、春馬は動揺するままにふらりとこちらへ一歩踏み出した。彼の視線は、ピアノに向かっている。

「引っ越しの件は、騒音問題が原因だね」

騒音、と意表を突かれた様子でつぶやいたのは、室井だ。

ヴィクトールは一瞬室井を見てから、春馬に視線を戻した。

「小林一家の前の家は、住宅街にあったんだろ」

ヴィクトールの指摘に、春馬が硬い表情でうなずく。

「隣人である『おじさん』と揉めていた理由もそれだよ。当時子どもだった小林春馬のことは、そのおじさんもかわいがっていたみたいだが、住宅街での木工製作の騒音に関しては許しがたいと憤《いきどお》ってたんだろう。おじさん以外からも苦情が入って、それで小林夫婦は慌ただしく引っ越しを決めた、というのが真相だ」

「では、おじさんが消えたのは?」

春馬はきつく拳《こぶし》を握り、早口で尋ねた。ヴィクトールは、珍しく気遣《きづか》うような、物憂《ものう》げな眼《まな》差《ざ》しをした。

「隣人は認知症だったそうだ」

全員、黙り込んだ。重苦しい空気が場を支配する。

「彼は徘徊《はいかい》中《ちゅう》に行方がわからなくなった。実際、こうした老人は珍しくない」

「本当ですか？」

切ない気持ちになって杏が尋ねると、ヴィクトールは静かにうなずいた。

「身元を証明するものを持っていないから、家族に連絡を取るのが難しい。何年も経過して、遠くの施設で発見されるというケースもある。小林春馬の友人の『おじさん』も、このケースだ」

「……見つかったんですか」

言葉を失っている春馬の代わりに、杏はそっと聞いた。ヴィクトールは、目を伏せた。

「数年してからね。小林夫婦も気になって、調べていたそうだが。やはり事情が事情なので小林春馬には言えなかったんだ。近所の人類が『おじさんは殺された』なんて嫌みを言ったのも、騒音問題が原因で小林夫婦にいい感情を持っていなかったせいだろうね」

「隣人のおじさん以外に、騒音の苦情を出した人って……」

「うん、まあ、想像するにその近所の人類だろ」

杏はやるせない気持ちになった。

聞き込みに来た青年が、騒音を立てていた迷惑な一家の子どもだと気づいた上で、おそらく近所の住民はそんな嫌みを言ったに違いない。当時の出来事を思い出してほんの少し溜飲《りゅういん》を下げようとした、その程度の感覚でだ。

けれども、悪意の混ざったその小さな嫌みが、鋭いナイフと変わって春馬の心を切り刻んだ。

嫌みが単なる嫌みではすまなくなった。春馬は何年も両親が殺人罪を犯したのかと思い悩み、苦しむはめになっている。おかげで彼ら家族は互いに本音をぶつけられないような、どこか一線を引いた関係にもなった。

誰が悪い、とは明確に言い切れない内容なだけに、なおさら苦い結末に思える。

悪意を放ってきた住民だって、騒音で悩んでいた。小林夫婦も、それが仕事だから作業をやめるわけにはいかない。平行線の問題だ。

(生活するって、大変なことなんだなあ。たとえ一人暮らしをしていても、一人で生きているわけじゃないんだ)

杏は当たり前のことを、今しんみりと感じた。

でも、大きな矛盾《むじゅん》というわけではないが、まだ少し引っかかることがある。

「あの、ヴィクトールさん。どうしてその犬はピアノの上に――?」

猫なら高い場所に飛び上がるのもわかるけれど、犬にそういうイメージはしにくい。そう不思議に思って尋ねようとした杏を、ヴィクトールがピアノに手を置いたまま視線でとめた。杏は、どきっとした。

とめなければいけないような、重要な問いだったのだろうか。でもなぜ?

「――ああ、そうか! 『ムーミンママのバッグ』か!」

春馬が突然、不自然なほどに明るい、大きな声を出した。

そしてピアノに近づいてくる。

（ムーミンママのバッグって、いきなりなに？）

杏は、こちらに寄ってくる春馬の雰囲気に圧倒された。

「ヴィクトールさん、あなたは辛辣《しんらつ》に見えて、優しい人だな！」

「は？　俺は人類に優しくなんかしたくないけど」

ヴィクトールが警戒の目で春馬を見る。

「優しいかどうかと、優しくするかどうかはまた別の問題ですよ」

春馬は滑《なめ》らかな口調で言い返すと、混乱している杏に向かって微笑んだ。

「杏さん、いい人と一緒にいるね」

「は、はい……？」

しどろもどろになる杏からヴィクトールへと、春馬は視線を動かす。

「おじさんが飼っていた犬は、とても利口でした。俺ね、隣家に遊びに行った時、たまにショルダーバッグを忘れてくることがあったんだ。それを、犬が咥《くわ》えて持って来てくれることがあった。はは、作業場に犬が潜《もぐ》り込《こ》んだのって、俺にバッグを届けるためですよね！　そりゃ母さんたちが事実を言えなかったわけだ。俺が、犬の死の原因を作ったんだから」

春馬は自嘲《じちょう》した。

「これは俺に伝えないでくれって、両親に頼まれたんでしょう？」

彼の確信の響きがこもった質問に、ヴィクトールは眉をひそめた。

口を挟《はさ》めずにいる室井と杏は、ひたすら狼狽《うろた》えた。

「ショルダーバッグが消えたのだって、俺が真相に気づかないよう両親が処分しただけですね。不思議なことも犯罪も、なにひとつ起きてない……、ははっ、本当に笑える。なんだこれ……」

春馬は片手で自分の顔を撫でると、睨み付けるような勢いでひたっとヴィクトールを見据《みす》えた。

「ねえ、ピアノから手をどけてください、ヴィクトールさん。……あなた、前にここへ来た時に、気づいていたでしょ？」

ヴィクトールは、憂鬱に憂鬱を重ねたような、苦い顔を見せた。それでも動かずにいる彼の腕を、春馬が摑み、ピアノの蓋からおろす。

春馬は、ピアノの蓋をゆっくりと開けた。

「杏さん、室井さん。なんで犬がピアノの上にのぼったのか、理由はこれです。鍵盤《けんばん》だ」

「鍵盤……？」

杏は、戸惑いながら、鍵盤に視線を落とした。室井も恐る恐るというていで、こちらへ近づいて来る。

「これね、一部、珈琲や紅茶を飲む時に使う角砂糖でできてるんですよ」

えっと戸惑う杏に、春馬は笑った。

「ディスプレイ用のピアノですが、蓋を開けることもあるので、鍵盤の部分だけは作り込みます。といっても単純に細長いブロックを敷き詰めるだけですが」

確かに、近くで見ると、鍵盤のサイズも数も、正確ではなかった。

「俺ね、子どもの頃、鍵盤を取り外して遊んでいる時に、ブロックをいくつかなくしてしまったことがあるんだ。怒られるのが嫌で、なんとかごまかそうとして、当時の俺は、ない知恵を絞《しぼ》った」

「それが、角砂糖？」

「うん。ブロックの代わりにしようと、こうして角砂糖をボンドでくっつけて、細長くして、並べたんだ」

春馬は、人差し指の先で、鍵盤のひとつをなぞった。

「母さんたちは俺の稚拙《ちせつ》な隠蔽《いんぺい》行為に気づいたけど、おもしろがってもいた。わざとそれをそのままにした。……今でも、時々母さんたちはこれをやっているんですよ」

笑みを浮かべ続ける春馬が、杏は心配になってきた。室井も、どこか痛ましげに彼を見ている。ヴィクトールはというと、「もう人類に関わりたくない」という顔になっていた。

「ヴィクトールさんはさっき、ピアノの蓋の上に犬が乗ったと言って、俺の意識をさりげなく誘導しようとしたでしょ。『蓋は閉じていた』って。――でも、違うよ。そうだろ。蓋は開いていた。きっと開いていたんだ」

「あのさ、俺たちにそこら辺を話す必要はないよ」

硬い声で遮《さえぎ》ろうとしたヴィクトールに、春馬は首を横に振った。

「いいえ、俺が話したいんです。懺悔《ざんげ》させてほしい。犬は、角砂糖の鍵盤を齧《かじ》ろうとした……いや、そうじゃない。俺のショルダーバッグにはいつも甘い物が入っていた。母さんたちが珈琲を飲んだあとに残した角砂糖の包みも、こっそりとバッグに入れていた。だから、鍵盤の角砂糖もバッグに入れてやろうと思ったのかもしれない。だって本当に利口な犬だった。人の言葉をよく理解する、優しい犬だったんだ」

杏は、なんだか聞くのがつらくなってきた。

「それで、犬はピアノの中に落ちた。内部は箱のようにぽっかりと空洞なんだ。簡単に取り外せる鍵盤を上に並べているだけで……、大型犬であったなら、落ちずにすんだのかな。でもあの子は小型犬だった。落下の際に、頭をぶつけて、きっとそのまま」

その光景を、杏は思わず想像してしまった。

周囲に雑多な様子で置かれている板材や機械などを踏み台代わりにして、ぴょんと鍵盤の上に飛び乗る、つぶらな瞳のトイプードル。だが、しっかりとは固定されていない鍵盤だ。飛び乗った拍子に、まるでガラスが砕《くだ》け散るかのように、鍵盤のブロックがばらばらになり——ピアノの空洞に、まっさかさま。

杏は、ぎゅっときつく目を瞑《つぶ》った。なにそれ、こんなの悲しすぎる。

「――血痕は、隠した時じゃなくて、犬の死骸をピアノの中から出してあげた時についたんだ」

春馬は微笑みを消して、乾いた声で言った。

「おじさんが徘徊したまま戻らなくなったのも、消えた犬を探していたためじゃないかって、母さんたちは不安になったんですよね。原因を作ったのは俺だから……」

春馬は両手で静かにピアノの蓋を閉めた。

〈ああ、そうか。前にこの工房に来た時、ヴィクトールさんがやけに砂糖入りの珈琲を飲みたがったのって、ピアノの鍵盤を不審に思ったせいだ〉

杏は、ふと気づいて、ヴィクトールに目を向けた。

彼は怒ったような顔で杏を見下ろすと、下唇を軽く噛んだ。人類を憎《にく》む顔つきだ。やがて、諦めたように口を開く。

「誰も小林春馬を責めたりしない。責任もない。巡《めぐ》り合《あ》わせが悪かっただけだ。その隣人も犬も、小林春馬を恨《うら》んではいないよ」

ヴィクトールがはっきりと春馬を慰める言葉を口にした。杏は驚き、嬉しいような、叫びたくなるような気持ちになって、無意識にヴィクトールの袖《そで》を握った。ヴィクトールがびっくりしたように杏を見る。

「……ねえ、春馬君」と、室井が穏やかに春馬を呼んだ。

「このピアノを当時のものに見立てて、お菓子でも供えてみたらどうだい？　俺の奥さんは、菓子作りが得意な人なので、今度、パイを持ってきますよ」

「私も、お菓子作ります！」

杏も勢いよく宣言した。ヴィクトールは一人、杏が握る袖をまじまじと見下ろしている。

俯いていた春馬が顔を上げ、眉を下げて微笑んだ。

「ええ、そうですね。ありがとう。……俺も、昔みたいにバッグに菓子を詰めて、両親とお供えをしたいと思います」

9

春馬《はるま》と別れて工房を出たのち、杏《あん》たちは「TSUKURA」に戻った。杏はヴィクトールの車に乗せてもらった。室井《むろい》はというと、運転可能なほどに回復したと主張し、自分の車に乗った。

店に到着後、杏はいつもバイト時にしているように、カウンターチェアに腰掛けたヴィクトールと室井に飲み物を出した。砂糖とミルクをたっぷり入れた珈琲《コーヒー》だ。

「春馬さん、一人にしてしまって、大丈夫でしょうか」

長年思い悩んでいた両親の殺人疑惑は晴れても、隣人と犬の死の真相は彼の心に新しい傷を作ったのではないだろうか。

「それよりも、今目の前で起きていることを彼らは警戒すべきだろ」

ヴィクトールがカップを手に持って、口をつけたのち、冷たく言った。

「今?」

「目の前で?」

杏と室井はつい戦々恐々《せんせんきょうきょう》とカウンターの珈琲を見下ろした。まだ『角砂糖』には恐ろしい秘密が隠されているというのか……。

ヴィクトールはうるさげに手を振った。

「俺が珈琲を飲めと誘った時、角砂糖、と答えていただろ。あの汚いムーミンママのバッグを持って帰った人類は」

「人類呼びはやめましょう、ヴィクトールさん」

杏は即座に突っ込んだ。

「オーナーはムーミンというフレーズが気に入ったんですね」

室井もズレたことを言っている。

だめだ、この二人が揃《そろ》うと、なぜだか空気がゆるくなる！

「そもそもあのリュックが汚れていたのって、蹴ってしまった私たちのせいですよ！」

杏が強めに訴《うった》えると、ヴィクトールが意外にも真面目《まじめ》な顔を見せた。

「君も財布を見ただろ。ぺらぺらだった」

「え、そ、そうですか？　――そういえば、確かに……」

「中身が入っていなかった」

ヴィクトールは、とても嫌そうに言った。その表情が、彼がリュックから財布などを取り出した時と重なる。

「普通は、珈琲に砂糖を入れるタイプだとしても、わざわざ『角砂糖』なんてきっちりした言い方をしない」

……これも、まあ。『角砂糖』ではなくて、単に『砂糖』と言うだろう。

細かなことだが、気づいてしまえば不自然なニュアンスだ。

（ヴィクトールさんは、やっぱりニュアンスを重視する）

杏は、彼の話に集中した。

「でもあの青年はとっさにそれを口にした。彼の中で強く印象に残っていたからだ。でもありふれた角砂糖が、そこまで強く印象に残ることがあるのか。あるとした場合、それはどういう時だ？」

「鍵盤《けんばん》」

杏は考えるより早く答えた。鍵盤のブロックの代わりに並ぶ角砂糖。なにかの拍子にその正体に気づいたら、かなり大きなインパクトになるはずだ。

「……しかしね、ヴィクトールさん」

と、室井が口を挟《はさ》む。

「あそこに置かれていたピアノの蓋《ふた》を開いたことがあるだけではないですか？　彼らはあのスペースで稽古をしていたんでしょう？　それがなにか、問題でも？」

室井の質問に、ヴィクトールは小さくうなずいた。

「そうだね。それだけならなにも問題ではないよ。ただ、俺はこうも考えた。彼は蓋を開けただけなんだろうか？」

「というと？」

「内部が空洞だと気づいたあとになにかを隠していたんじゃないか？　あそこなら見られたくないもの、後ろ暗いものを一時的に置いておけるだろ」

あそこに？　なぜわざわざ？

杏は眉間《みけん》に皺《しわ》を寄せた。室井も同じ顔をしている。

「中になにかを入れる前には、鍵盤のブロックを外す必要があるよね。木製の鍵盤ブロックの中にまぎれていた角砂糖のブロックを何度も手に取ったことがあるから、より印象に強く残ったんじゃないのか」

ヴィクトールの推測に、杏は室井と顔を見合わせた。話の流れが、いよいよ怪しくなってくる。

「青年の話では、劇団員の貴重品を集めてあのバッグに入れていたという。だったらなぜ、どの財布も中身が入っていないんだ？」

杏も室井も、答えられない。

なぜお金の入っていない財布をリュックに保管していた？

「ところで、最近あの近辺では、空《あ》き巣《す》があるそうだね」

ヴィクトールは急に話題を変えた。いや、変えたようで、つながっているに違いなかった。

空き巣の件は確か、前に春馬の母親が話していた気がする。

稽古《けいこ》と称して、アリバイを作ることができそうだ。たとえばその日、四人の劇団員がいたとする。椅子に演劇用のマントを羽織らせ、風船を頭部代わりにする。チラシに顔を書き、それを風船にくっつけて、鬘《かつら》を載せる。それを二人分用意する。夜、カーテンでも開けておけば、誰かに窓から覗かれたとしても、人間のように見えるかもしれないな」

杏は頭の中に、その光景を描いた。

だが、劇団員がそんな細工をしなければならない理由は。

「残りの二人は本当に稽古をする。あたかも四人でやっているように」

「四人で……?」

杏と室井は、同時にそう聞き返した。ヴィクトールはこちらを見ず、カップの縁《ふち》を指先でなぞりながら淡々と推測の話を続ける。

「見回りに来ていただろう小林《こばやし》夫婦の目もごまかせるかもしれない。稽古中だからと遠慮《えんりょ》して、いちいち劇団員の顔を間近で確認はしないだろう——っていうくだらない展開を想像して、うっかり『汚いムーミンママのバッグ』という言葉が口をついて出たんだよ」

汚い、って、汚れ、という意味ではなかったのか。

杏がぽかんとしていると、室井が急に顔色を変えた。

「つまり、彼ら劇団員は仲間のアリバイを作って、その間に近隣の家屋《かおく》に押し入り、盗みを行っていたという意味ですか」

「……はっ⁉」

杏は仰天《ぎょうてん》した。複数の空《から》の財布から始まったその結末を、すぐには飲み込めない。

（財布が空だったのは、中身を抜き取ったあとだから？）

リュックを取りに来た青年は、すごくびくびくとしていた。なにかを暴かれるのを恐れているようにも見えた。聞いてもいない貴重品の管理の話まで、べらべらとしゃべっていた。

茫然とする杏の視線がうるさいのか、ヴィクトールはちらっとこちらを見た。

「バッグに入っていた、複数の空の財布。丸められた複数の銀行の封筒。杏には見えなかっただろうけど、中にはまだ、指輪とかも入っていたよ」

杏は息を呑み、自分の身体を抱きしめた。

窃盗《せっとう》？　劇団員たちが？

（嫌だ、怖い）

ふいに、自分が、椅子に拘束《こうそく》された夜を思い出す。ガムテープを身体に巻かれた。動けなくなった。

血の気が引く。犯罪は、心を凍らせるほど恐ろしい。

「警察に連絡したほうがいいのでは？」

室井が真剣な顔をした。

「いや、あのバッグの中を見て、俺がそう妄想しただけだよ。だって俺は絶えず考えすぎるタイプだからな」

ヴィクトールは素《そ》っ気《け》なく拒否したのち、困ったように杏を見た。

杏は、はっとして、平静を装った。

望月峰雄《もちづきみねお》の一件が、いまだ杏の心に色濃い影を落としていることを、ヴィクトールには知られたくない。

「……小林さん夫婦は、もちろんこのことに関わってはいないんですよね？」

「仮《かり》に俺の話が真実だとして、彼らは利用されているだけだろ」

ヴィクトールは探るような目を杏に向けてきた。杏は気づかない振りをして、黙考した。

（稽古場については、かつての同級生が小林さん夫婦にスペースの貸し出しをお願いしたはずだ。なら、劇団員の人たちは、その時点で窃盗の計画を立てていたってこと？）

杏は泥《どろ》を喉に流し込まれたように感じた。

どうしてなんの関係もない人が利用され、親切心を踏み躙《にじ》られなければならないのか。

知らないうちに、身体が強張《こわば》った。

「杏、繰り返すが、今の話は想像の域《いき》を出ないよ」

ヴィクトールの静かな忠告に、杏は小さく「はい」と答えた。それでもまだ、胸に流し込まれた泥が消えない。

「……そういえば、前にあちらの工房で劇団員のパフォーマンスを見た時、一人だけおかしな団員がいたんです」

杏は小声で言った。二人が無言で杏を見つめるのがわかったが、目を合わせられない。

「他の団員はお客さんに向けて演技をしていたのに、その人だけはピアノをひたすら指差していました。今考えたら、誰も変に思わないのは不思議だなって」

「……俺は、なにも見ていない」

ヴィクトールがこめかみを押さえて答えた。

「待って杏ちゃん。それってまさか霊？」

室井がさっと青ざめる。わかりません、と杏は首を振った。密《ひそ》かに拳《こぶし》を握る。カウンターで遮《さえぎ》られて見えないはずなのに、ヴィクトールが顔をしかめた。

重い沈黙が流れる。

「……だめだ、俺はもうこれ以上は処理し切れないので家に帰ります。愛する奥さんに、身体に塩をかけてもらおう」

沈黙を破るように室井が呻《うめ》き、彼はカウンターチェアからおりた。

「それじゃあ、また」と、杏たちに手を振り、よろよろと去っていく。

杏は緊張の吐息《といき》が漏れないよう、自分の珈琲に口をつけた。ひどく苦い。

ヴィクトールの視線を強く感じる。見ないでほしいな、と杏は思った。でもヴィクトールは、いつだって考えすぎる人だから、曖昧《あいまい》なままではきっと許してくれない。

「なあ、杏」

「はい」

杏はカップをカウンターに戻した。指先が冷たい。

「室井武史《たけし》は、言葉を選んで小林夫婦に伝えるかもしれないな」

ヴィクトールは、試す口調で言った。

「なにをでしょう?」

「そうだな、たとえば杏が言ったように――『犬と男の霊の他にも、霊がいた。それはずっとピアノを指差していた。なぜだろう?』とか。その話は、やがて劇団員たちの耳にも入るかもしれない。なぜって、彼らは小林春馬に協力をして偽《にせ》の幽霊騒動を作り出している」

「……普通の人は、幽霊の存在なんか本気で信じませんよ」

「うん。普通の感覚なら」

ヴィクトールは、思いがけずやわらかい声を聞かせた。杏は視線を上げた。

「だが、ピアノを指差していた、という部分には驚くかもしれないね。幽霊の話が真っ赤な嘘でも、彼らの耳には誰かの遠回しな警告か、脅《おど》しのように届く。『そこにあるものを知っている』というように」

――やっぱり見破られている。

杏は深く俯《うつむ》いた。そうだ、とっさに口をついて出た真っ赤な嘘だ。確かにパフォーマンスの時に、ピアノの前には劇団員がいた。でも指など差してはいなかったし、きっと幽霊でもない。ヴィクトールが春馬に言ったように、見えないものを信じない人なんていくらでも存在する。けれど、幽霊は否定しても、同じように形のない恐ろしいなにか――『誰かが真実を知っているかもしれない』という不安からは、目を逸《そ》らせない。

（私は今、室井さんを間接的に利用しようとしたんだ）

それをヴィクトールの口から説明され、罪悪感がいや増す。人の心をこんなふうに都合良く動かしていいのか。許されることなのか。杏は、胸が塞《ふさ》がれたような思いを抱《いだ》いた。

「あの、私、ちょっと室井さんを追いかけます」

罪悪感に押し潰《つぶ》され、杏がカウンターの内側から出ると、ヴィクトールもまた立ち上がった。

「必要ないよ」

「で、でも、私」

室井に謝ろう、本当のことを言おう。そう思ったのに、ヴィクトールが怖くて動けない。失望されることが、嫌われることが怖い。視線を上げられない。

「君は嘘がへただ。室井武史も今頃そう思っている」

杏は、弾《はじ》かれたように顔を上げた。

「……室井さんも？」

「鏡で自分の顔を見てみろ。今にも死にそうな顔であんなことを唐突に切り出され、いったい誰が信じる？　言っておくが、君が対応に困るほどのへたな演技で唆《そそのか》してもだ、そのあとの行動は、本人の責任だよ。……なんか似たようなことを口にした記憶があるな」

首を捻《ひね》るヴィクトールを、杏は精一杯見つめた。

「それに……、それは俺がつかせた嘘だ。俺の過《あやま》ちで、俺の罪悪感だ」

ヴィクトールは困ったように笑うと、かすかに躊躇《ためら》いを見せてから杏を抱き寄せた。

しばらく後のことだ。

杏は香代《かよ》と連絡を取り合い、ジャムを載せたクッキーを作って、「ツクラ」でおじさんと犬にお供えをした。

バイト終了後、工房に向かう。ついでにそちらでもお供えしようかと考えた時、電灯の下を歩く杏の横を、もこもこのトイプードルが駆けていった。

杏は思わず足をとめた。

「お嬢さん、お菓子をごちそうさま」

耳元で、男性の声がした。

驚いて振り返っても、誰もいない。

杏は視線を正面に戻した。トイプードルの姿も消えていた。

少しの間、放心してから、杏は買い替えたスマホを手に取り、春馬の連絡先をタップした。

彼は四回目のコールで出た。

『もしもし？』

「あ、あのっ小林さんですか！」

息せき切って呼びかけたあとで、杏は慌てた。

いやいや待って、勢いで電話してしまったけれども、なにを言えばいいのか。おじさんと犬はきっと成仏できます、って？　いきなりそんなことを言い出す電波な女子高生、やばすぎない？

『……あのさ』

言葉に迷って黙り込む杏に、春馬がそっと声をかけてきた。

『不思議なことに、この間、劇団の彼らから突然稽古用スペースの貸し出しのキャンセルを頼まれたんだよね』

「へっ、へええ！　そうなんですか！」

杏は、声が裏返った。

『なんでも、団員の大幅な入れ替えをするそうで、いったん舞台も中止するとか……。実はさ、彼らから、工房にあるカクトワールを買い取りたいと言われていたんだ。それもあってスペースの貸し出しを許可した部分もあったんだけれど、本当は彼らに購入するつもりなんかまったくないことに気づいてね。幽霊騒ぎには協力してもらったし、愛想もいい人たちだったけど、知り合ううちにそういう狡《ずる》い面もわかってきて、ちょっと困っていたんだよ』

もう、へえええ、としか返事ができない。

『色々とありがとう』

「いえ、私はなにもしてませんので！」

『ヴィクトールさんにもお礼を伝えてほしいな』

杏は、どぎまぎする胸を押さえて「はい」と答えた。

それから、なんの目的で連絡したかわからなくなったが——通話を終わらせる前に、杏は一点、気になっていたことを質問した。

「小林さん、ひょっとしてなんですが……」

『なにかな』

「工房に置かれていたレプリカのカクトワールにひとつだけ、本物のアンティークが紛《まぎ》れていたりしません？」

なぜそう思ったかというと、この問いには杏の願望が大いに含まれる。

初めて小林夫婦の工房を訪れた時、ヴィクトールが、とても丁寧《ていねい》に杏を座らせてくれた椅子ねえ。あの時って、なんかヴィクトールさんはやけに、レプリカレプリカと繰り返していたんだよね……。それなのに、美しい女性のための椅子とか言うし、すごく褒《ほ》め称《たた》えてもいた）

いや、いくらなんでも夢を見すぎか、と気恥ずかしさに襲われた時だ。

電話の向こうで、春馬が声を上げて笑った。

『それ、ヴィクトールさんに聞いたの？』

「えっ、いえ……もしかして、正解でした⁉」

彼は答えず、笑い続けた。

正解なのか、間違いなのか、どっち⁉

『杏さん、君のヴィクトールさんは、ひねくれ屋で、恰好《かっこう》いいね』

「はあ、ありがとうございます……？　いえ、私のではありませんが！」

『これからも俺と連絡を取ってくれるかな？　俺は彼の脅威《きょうい》にはならないからさ』

どういう意味なのかを考える前に彼は、電話越しであってもわかるほど艶《つや》っぽく囁いた。

『俺ねえ、母さんたちに、嘘は言っていなかったんだよ。本当に、物しか愛せないたちなんだ。まあ、愛しているのはピアノじゃないけど。あの、カクトワールをずっと愛している』

「カクトワールを？」

『でも、ヴィクトールさんが君を座らせた本物のアンティークじゃなくて、母さんたちが仕上げたレプリカのひとつを。本物そっくりの偽物《にせもの》に心を奪われた。母さんたちは、手本にしたほうを俺にくれたけれど、その後、密《ひそ》かに偽物と取り替えたんだ。信じられる？　作った本人でさえいまだに取り替えに気づかないでいるんだよ』

「その、小林さんが取り替えたレプリカの椅子は――」

『今も俺と一緒に暮らしてる』

甘い笑い声のあと、電話は切れた。

杏は、工房に駆け込んだ。

作業机の前にいたヴィクトールが驚いたようにこちらを見る。他の職人たちはいない。

今日は杏のスツール作りをする予定だった。

「え……、なに君、その表現しがたい顔」

ヴィクトールが、明らかに引きながら杏のほうへ恐る恐る近づいてきた。

「私の顔にけちをつけないでください……」

杏は、たくさん言いたいことがあったけれども、悩んだ末にすべて飲み込んだ。

ヴィクトールの、胡桃《くるみ》色の目を見つめる。

彼は、杏に秘密を持っている。杏が気づかないよう慎重《しんちょう》に、でも少しのヒントをまぜながら、こっそりと本気で優雅なレディの扱《あつか》いをして楽しんでいた人だ。どうせ杏は気づかないだろうな、とほくそ笑む彼の姿が簡単に脳裏に浮かぶ。腹立たしいやら、嬉しいやら！

だったら杏も、ヴィクトールに対して、秘密をいくつか抱《かか》えてもいいような気がした。

しかしヴィクトールは隠し事をされるのが嫌いらしく、じろじろとしつこく杏を見下ろした。

「なにがあったのか、早く言いなよ」

「言いません」

きっぱり拒否すると、彼はショックを受けたように目を見開いた。

（ヴィクトールさんが、本物《アンティーク》のカクトワールに座らせてくれたことを教えてくれたら――、私、告白できるかもしれない）

ふいにそう考えて、杏は自分におののき、乱れてもいない髪を慌ただしく撫《な》で付けた。こちらを見つめるヴィクトールの目から、光が失われていく。

「言えよ」

と、いささかやさぐれた口調で責められた。

杏は自分の口を両手で塞いでから、あ、と他に知りたいことがあったのを思い出した。

「ねえヴィクトールさん、室井さんって、甘い物が苦手です？」

「……いや。彼、好きだよ。店でもよく妻の手作りの菓子を食べているだろ。今更なぜそんなことを聞く？」

「香代さんは、室井さんは甘い物が苦手だと思っているんですよ」

「ああ……、それね」

ヴィクトールは途端に興味をなくしたように、鼻を鳴らした。

「男は支配したがるし、女は管理したがるよね」

「……支配？　なんでそういう物騒な話になります？」

「室井武史にも若い頃があったという話だよ。あとは、本人に聞けば？」

冷たい。

「そんなことより、杏自身になにがあったんだ。言え」

なんだろうこの、命令に慣れた口調。

「どうしてそれほど私のことを知りたがるんですか？」

意趣返しのつもりで杏は問いかけた。

彼は一瞬言葉に詰まった。

「……だからさ、男は支配したがるものなんだよ」

「はあ」

呆気《あっけ》に取られたあとで、杏はとても恥ずかしいことを言われた気になった。

ヴィクトールは、よく躾《しつ》けられた犬のように杏の反応を待っている。

今の言葉って、どういう意味だろう。いつものヴィクトールさん語録なのか。勘違いしたら、痛い目を見るやつか。そうに決まってる。

「あの」と、杏は赤く染まる頬を隠すため、横を向いた。

「なに」

さあ早くスツール作りを始めましょう、その前にクッキーのお供えを。輪切りのテーブルを作ってほしいです、もっと室井さんたちのことを話してください。ヴィクトールさんは人を愛せますか、それとも小林さんのように本気で椅子に恋していますか。私なんて、どうですか。

まあ、色々と、本当にたくさん言いたいことがある。

だが、杏はそのどれも選ばず、こう告げた。

これが今、一番甘くて、美しくて、正しい言葉のような気がした。

「私を、椅子に座らせてくれますか？」

その直後の、ヴィクトールの顔は、ちょっと見物《みもの》だった。

青ざめる椅子の冒険

遠くに立ち並ぶ建物群の向こう側に、最後の西日が消えた時のことだ。

彼がぼんやりとしていると、ふいに背後から声をかけられた。

「あれ、ひょっとして星川《ほしかわ》さんですか？」

一拍遅れて振り向けば、人の輪郭《りんかく》を象《かたど》った黒いシルエットがそこにある。

話しかけられる直前まで消えゆく西日の輝きを眺めていたためだろう、彼は、じんと熱を伴《ともな》う痛みを目の奥に感じた。おかげで視界も水の膜を張ったかのように、涙で滲《にじ》んでしまっている。

相手の姿が判然としなくとも、声の調子からして男性、それもまだ十代後半の青年だろうというのは容易に想像がついた。

青年のほうも、建物の庇《ひさし》の下に立っているこちらの姿がはっきりとは見えないのか、わずかに戸惑《とまど》うような気配をうかがわせて近づいてくる。

「あの、『MUKUDORI』の星川さん……ですよね？」

「……ああ、うん。星川だけど」

こもった声で答えてから、星川は目の奥に感じる鈍《にぶ》い痛みを散らすように、何度も目を瞬《しばた》かせた。なんだかずいぶんと久しぶりに声を発したような気がした。

星川の肯定の返事に安堵《あんど》した様子で笑いかけてくるこの青年は、さて誰だったか——。

そもそもなぜ自分はこの場所に一人でぽつんと立っていたのだろう。

星川は静かに考え込んだ。まだ目の奥がじんわりと痛む。そのせいで考えがまとまらない。

「あ、俺のことわかりますか？　『ツクラ』の島野《しまの》ですよ」

青年が、とある方角を指差した。

つられてそちらを見やると、薄闇《うすやみ》に包まれたゆるい坂を少しのぼった先に、倉庫めいた煉瓦《れんが》造りの建物があった。

「前にお会いした時とは違う髪型をしてるから、もしかして俺、見覚えのない怪しいやつだと疑われてます？　ちょっと髪を短く切りすぎたんですよね」

笑いを含んだ言葉に、星川は一度片手で自分の顔を撫《な》で、「いや、ちゃんとわかるよ、島野君だ」と答えた。瞬《まばた》きを繰り返すうちに目の奥の痛みも引いていき、輪郭がぼやけていた島野の姿も鮮明なものになる。

こちらに微笑《ほほえ》みかける島野は、少々目つきが鋭く、クールな外見をしていた。

「確か星川さん、これからヴィクトールと会う約束をしているんですよね？」

「……ん？」

「はは、なんでそれを知ってるのかという顔ですね」

島野は得意げな顔をした。

「今日の昼に、星川さんから嬉しくない連絡をもらったってヴィクトールが瀕死《ひんし》のていでこぼしていましたよ。またあいつは『持つべきものは頼りになるオトモダチだ』とふざけたことを言って変な椅子をうちに寄越す気だ……って、や、失礼なことを言ってすみません」

「いいよ、気にしないで。……うん、そうだった、ヴィクトールと会う約束をしてたんだ」

星川が独白調で言うと、島野は笑みを消して真剣な表情を浮かべ、探るような眼差《まなざ》しを向けてきた。

「大丈夫ですか、星川さん。なんかぼうっとしてますね。具合でも悪いんですか。……立ちくらみとか？」

「ああ、それだ。急に立ちくらみを起こしたみたいでね。目眩《めまい》がおさまるまで待っていたんだよ」

星川は大きくうなずいた。

なにをするでもなくただ死に絶える夕日をぼんやり眺めていた理由を、自身の声として外へ押し出すと、パズルのピースのようにばらばらに散らばっていた思考がやっと確かな形を作った。そうだ、ヴィクトールと会って、椅子の話をする予定だった。その目的でここへやってきたのだ。

「え、マジで具合悪かったんですか？　大丈夫ですか？」

心配そうに問う島野に、星川は笑みを返した。

「もう平気だよ」

「そうですか？　ならいいですけど……」

「島野君も、これからヴィクトールに会うのかい？」

この質問に、島野はきょとんとした。

「やだな、俺は今、帰るところですよ。今日は日曜なんで、朝からバイトに入っていたし。あ、ヴィクトールは店側じゃなくて、工房のほうにいます。さっきまで俺も一緒でした。……ヴィクトールに連絡して、こっちへ来てもらうように頼みましょうか？」

「いや、その必要はないよ」

島野の気遣《きづか》いに笑みを返すと、じゃあまた、と星川は軽く手を振って別れた。


星川は『ツクラ』の工房に辿《たど》り着《つ》くと、中途半端に開放されている戸から勝手に中へ入った。

ふと視線を床に向けると、入り口付近の内壁のそばにシンプルな白い小皿が落ちていた。工房に出入りする職人たちがそれぞれの存在に気づかず蹴っ飛ばしでもしたのだろうか、皿はひっくり返ってしまっている。白い粉末のようなものもそのまわりに散らばっていたので、星川は嫌な気持ちになりながらも踏まないよう注意した。

工具類や多種の木材があちこちに置かれているヴィクトールの工房は、ひどく雑然としている。その一方で、どこか人を寄せ付けないような素《そ》っ気《け》ない印象もあると星川は思った。鼻につく木材の臭《にお》い、それと乾いたオイルの臭いが空気中で混ざり合っている。なんだか居心地の悪さを覚えるのは、生活臭《しゅう》とは異なるその独特な臭気が原因に違いない……。

星川は気を取り直し、あかりのついた工房内を無遠慮《ぶえんりょ》に見回した。

作業机の奥に置かれている不気味なデザインの椅子に、絵に描いたように美しい男が暗い顔をして座っていた。

世の不幸を一身に負っているかのような雰囲気《ふんいき》を醸《かも》し出《だ》しているその美貌《びぼう》の彼のそばには、クラシカルな黒いワンピースを着用した十代後半の少女と、つなぎ姿の職人の男が立っている。

二人は困ったように眉《まゆ》を下げて、美貌の男を見下ろしていた。どうやらこの二人は彼をどう扱《あつか》うべきか、はかりかねているようだ。

場の空気を変えてやろう。そう考えた星川は、三人に近づくと、片手を上げて「よお」と明るく声をかけた。

ぎょっとした様子で振り向いたのはワンピースの少女とつなぎ姿の職人で、片膝を抱えて椅子に座っている美貌の男はまた別の反応を見せた。視線のみをこちらに向け、眉間《みけん》に皺《しわ》を作ってますます憂鬱《ゆううつ》そうな顔をする。

彼の「死ぬほど嫌なものを見た」と言わんばかりの失礼極まる反応に、星川は少なからずむかっとした。が、ここは自分が大人になるか、と星川は譲歩《じょうほ》することにした。

「おまえと仲良しの星川さんが電話で約束した通り、会いに来てやったぞ。そらいつまでも塞《ふさ》いだ顔をしてないで、もっと喜んでくれよ」

にっこり笑って星川が冗談を飛ばすと、美貌の男はあからさまに鬱陶《うっとう》しげな表情を見せた。

「頼んでないし、来てほしくない。帰ってくれ」

「ヴィクトールさん、そんな言い方をしたら……！　……いえ、その、すみません。……星川さん」

すぐに少女が美貌の男――ヴィクトールの失言を咎《とが》め、すまなそうにこちらの様子をちらちらとうかがう。つなぎ姿の職人もおろおろしながら星川とヴィクトールを順に見ていた。

「なぜ杏《あん》は俺ばかり叱《しか》るんだ……、悪いのは星川仁《じん》じゃないか」

ヴィクトールが少女に――杏に恨《うら》めしげな目を向けて訴《うった》えた。ついでのように、つなぎ姿の職人のことも睨《にら》み付《つ》けている。

つなぎ姿の職人は、よほどヴィクトールの視線が恐ろしかったのか、うっと息を詰めて項垂《うなだ》れた。

「星川仁が俺に厄介事《やっかいごと》を押し付けてくるのは、これで何度目なんだ？」

ヴィクトールが吐き出す恨み節に、杏とつなぎ姿の職人は飼い主にしかられた仔犬のように身を縮めた。

「今回だってこんな、いかにもいわく付きの壊れかけの椅子を持ってきただろ。生きるのがつらい。人類はいつも俺を裏切る……」

「まあまあ、そう言わずに……」

恐る恐るという態度でヴィクトールを宥《なだ》めたのは、つなぎ姿の男だ。この男は……そういえば誰だっけ。星川は、興味のない人間の名前はすぐに忘れてしまう。

「あの、星川さん」と、杏がなにか覚悟を決めた様子で話しかけてきた。

「星川さん……が、ここに来たのは、この椅子に関する相談をしたい、ということで合っていますか？」

確認のためだろう、そう生真面目《きまじめ》に尋ねる杏が指差す先には、開封済みのダンボール箱がある。

ヴィクトールが言ったように、そのダンボール箱の中に収められているのは壊れかけの椅子だった。

「ああ、うん。そうそう。よかった、ちゃんと届いていたんだな」

「よくない。今すぐ持ち帰れ。おまえも二度と来るな」

ちっとも態度を変えないヴィクトールの無礼な発言を無視して星川は、おどおどしている二人を安心させようと笑みを作った。だが先のヴィクトールの文句が心に引っかかっているのか、二人はあからさまに頬を引きつらせた。

星川は肩をすくめると、本来の目的であるこの『壊れかけの椅子』の話を進めることにした。

「皆もう気づいていると思うけれどさ、この椅子をヴィクトールに修理してもらいたいんだよね。ほら、ヴィクトールって頼りになる椅子職人だろ？」

「おまえに腕のよさを褒《ほ》められても嬉しくない。そもそもその言葉自体、純粋な評価とも思えない」

辛辣《しんらつ》な口調で言い捨てたヴィクトールの横で、杏も疑惑たっぷりの表情を浮かべている。

「あっやだな、おまえたち。俺をそんなにトラブルメーカー扱《あつか》いしないでくれよ、心外だ！」

三人から無言でじっとりと見つめられ、星川は降参した。軽くハンズアップして、椅子にまつわる裏事情を説明する。

「……いや、そのな。厄介事っていうか、この椅子は先日、知り合いの工房主から譲《ゆず》られたものなんだけどさあ──実は、殺人犯の家にあったものらしくて」

ヴィクトールたちの顔から一瞬で表情が消えた。つなぎ姿の職人が「……殺人犯」と、ぎこちない発音で言葉を繰り返す。

星川は愛想笑いを意識し、彼らからそっと目をそらした。

「……。つまりバズビーズチェアの日本版みたいなものなんですか、これって」

と、冗談か皮肉か判別できない微妙な質問をしたのは杏だ。この子は大人しげな見た目に反して、案外物怖《ものお》じせずに思ったことをはっきりと言うよな、と星川は感心した。

「なんでそんな物騒な椅子を、ヴィクトールさんに……うちの工房に寄越すんです？」

「その知り合いの言うことには、これは呪《のろ》いの椅子なんだと。なんでも、受け取り後にまともに修理もしないで放置すれば、その所有者はやがて不可解な死に方をするという恐ろしいオプションがあってだな……頼む、そんな冷たい目で俺を見ないでくれ！　でも、ちゃんと直して

また別のやつに渡せば、セーフなんだよ！」

「ならまずは、その知人から椅子を受け取った星川さん本人が先に直さないと、まずくないですか？」

杏の冷静な指摘に、そうだそうだ、とつなぎ姿の職人も同調する。

ヴィクトールはというと現実逃避中なのか、虚《うつ》ろな目であらぬ方向を見ている。

「もちろんちゃんと修理は済ませたよ、俺だって」

星川が力強く答えると、杏とつなぎ姿の職人が目を見開き、軽く引いた。

「……え。修理済みなんですか？　じゃあなぜヴィクトールさんのところに——？」

杏が強張《こわば》った顔で問う。

「この話には続きがあるんだよ。直した椅子をずっと手元に置いておくのも危険なんだとか。だから必ず誰かに譲らなきゃいけないって。で、不思議なことにだ、新たな所有者の元に到着すると、椅子はまたひとりでに壊れるらしい」

「なんで⁉」

「なんでって言われてもなあ」

「理不尽すぎません⁉」

「はは、理不尽だからこそ怪異ってわけだ。……いやあ、修理してすぐに梱包《こんぽう》したんだぞ。新品みたいにぴっかぴかに仕上げたってのに、マジで壊れてんな、これ」

星川は、ダンボールの中の椅子を覗き込み、腕を組んだ。

青い塗料が使用された椅子は、脚も背もたれ部分も床に勢いよく叩き付けたかのようにぱっくりと割れている。配送中の振動や軽い衝撃程度でこれほど大胆《だいたん》に壊れるわけがない。

「つうわけで、ヴィクトール。おまえもこいつを修理後は、早めに別のやつに譲ったほうがいい」

星川は愛想笑いを絶やさずにヴィクトールを見つめ、警告した。

あらぬところを眺めていたヴィクトールの視線が、ようやく星川に向いた。ガラス玉のような目だった。

「嫌だ」

ヴィクトールは、端的に断った。

その取りつく島もない冷淡な態度に、星川は呆《あき》れた。しっかりと説明してやったのに、彼は事の重大さがまだ飲み込めていないのだろうか。

「嫌って、おまえ。俺もいわく付きの椅子なんか押し付けて、そりゃ少しは悪いと思うけどさあ、ヴィクトールなら許してくれると思って――なあ、頼むよ」

「嫌だ。俺には直せない。持ち帰れ」

と、星川が下手《へた》に出てもヴィクトールは拒絶の姿勢を変えない。

「こらこら、そんな冷たい態度を取るなっての」

星川はじわじわと苛《いら》つき始めていた。なぜ拒《こば》むんだ。

「取るに決まっている」

「こんなに仲のいいオトモダチの星川さんに対して、失礼だろうが！」

「おまえは友人じゃない。俺とはなんの関係もない。関係を持つ予定もない」

友人に対して、なんて言い草だろう！

「あのなあ！　いくらなんでもそれは言いすぎじゃないか！」

耐え切れずに星川が声を荒らげると、ヴィクトールはゆっくりと瞬きをした。

なんの感情も浮かんでいないその顔は、思わず目が奪われるくらい整っているだけに、やけに人形めいている。星川は不気味なものを感じて黙り込んだ。

「俺は、俺にとって正しいことしか口にしない」

ヴィクトールは、椅子の座面に引き上げて抱え込んでいた片膝を床におろすと、今度はゆったりと脚を組んだ。

「持ち帰らないなら、その壊れかけの椅子は燃やす」

「は……？」

星川は驚き、身を硬直させた。今、彼はなにを言った？

燃やすって？

なんてやつだ。

ちゃんと対処方法を教えてやったのに。

燃やすなどとんでもない。

許されない。

直さねば座れないだろうに。

星川はダンボールの椅子に目を向けた。――そうだ、自宅で使用していた椅子が一脚だけ壊れていた。長年愛用していたのでついにガタがきたのだろう。とはいえ捨てるのは忍びない。手入れをすればまだまだ使えるはずだ。だから母親があの日、家具工房に修理を頼もうと提案し、外出した。ああ、『あいつ』が家にやってきたのは、その直後だ。銀色の刃物を振りかざすあいつ。子どもも父親も自分も笑顔であいつを迎え入れた。いや、笑顔？　本当に？

……あいつは誰だ？　親しい友人だったのか？　あの時、家に響き渡ったのは笑い声ではなく、悲鳴ではなかったか？　待て、違うだろう。あの時は自分が家に帰宅したのだ。だから子どもも父親も笑顔で歓迎を、いや、恐怖で悲鳴を――まあいい。そんな細かなところは問題じゃないし、とっくに忘れた。

それにしたって残念だ。母親はタイミング悪く出掛けたあとで、家族が欠けた状態だった。椅子が壊れさえしなければ、いや、外出時間をあと少し遅らせてくれたら、母親も最後まで皆と一緒にいられたのに。

だから直さなければならない。

もう一度、あの場面をやり直すために。今度こそ家族が揃《そろ》うように。家族円満が大事だ。笑い声が絶えない一家。子どもも揺り木馬に乗って笑う。祖父もあははとロッキングチェアに座る。そして家族は揃って食事を取らねばならない。早くダイニングチェアに座るよう『あいつ』が、いや、自分が誘う。

明るい笑い声――叫び声？

室内は夕日を浴びて真っ赤に――血しぶきで真っ赤に？

もうどちらでもかまわない。ただ、あるべき姿に戻すだけだ。

それなのに燃やすだなんて、本当にひどいやつだ、悪いやつだ、冷たいやつだ――。

「帰れ。もうここに来るな」

とどめにそう突き放され、星川は我慢できなくなった。怒りをこめてヴィクトールを睨み付ける。

薄情者。もういい、こんなやつを頼った自分が馬鹿だったのだ。

それなら、次のやつを見つけないと。

「――薄情者。おまえなら、やってくれると思ったのに」

星川は、そう恨み言をぶつけると、すうっと消えた。

いや、星川を騙《かた》る幽霊が、消えた。

――杏たちは、詰めていた息を大きく吐き出した。冷蔵庫の中にいるのかと錯覚《さっかく》するほどに冷えていた空気も、ふっと元通りの気温になる。

「あああ、なんだあれ！　マジものの幽霊かよ！　ってか嘘だろ、なんであいつ――俺の名を騙ってんの⁉」

つなぎ姿の職人――星川が、その場にしゃがみ込んで叫んだ。

杏は、ヴィクトールに勝るとも劣《おと》らない濁《にご》った目で星川を見下ろした。

この彼こそが、本物の星川仁だ。

（まさか幽霊が、星川さんの振りをして堂々と現れるなんて思いもしなかった）

ニュータイプの幽霊の登場に、杏も星川本人も驚きすぎて悲鳴一つ上げられなかった。幽霊の思い込みを正す勇気もない。あなたは「星川仁」ではないと指摘し、逆上でもされた結果、本気で憑依《ひょうい》されても困る。

だからと言って、幽霊の望みを受け入れるわけにもいかなかった。ヴィクトールがひたすら否定しまくってここから追い払わなければ、どうなっていたことか。

「杏ちゃん、塩だ。早く塩をまいて！」

星川が両手でごしごしと自分の腕をさすり、ひび割れた声で訴えた。

「塩はちょうど今、切らしているんですよ……バイトが終わったあとに買いに行く予定だったんで」

杏は精神的な疲労を強く感じながら、ぼそぼそと答えた。

工房に悪霊の類《たぐ》いが入り込まないよう、神社でいただいた浄《きよ》めの塩を小皿に載せ、それを入り口付近に置いていたはずだ。もうその効果が消失したのだろうか。

そう思って入り口近くの内壁の際に置いていた盛り皿のほうを見れば、いつの間にか、見事にそれが引っくり返されている。

杏はさらに疲労感を抱《いだ》いた。

「俺、ここから一歩も出らんないわ！」

震える星川に、杏は視線を戻した。

「工房を出た瞬間、待ち構えていたあの幽霊に襲われそうですよね。星川さん、名前を騙られていたってことは、最初のターゲットにされていたんでしょうし」

「どうしてアレが俺たちを付け狙《ねら》うんだよ、おかしくないか⁉」

「それはやっぱり、星川さん自身のせいじゃないかと思います」

「杏ちゃん、最近俺に厳《きび》しくねえ⁉」

厳しくないです事実です、という思いをこめて、杏は首を横に振った。星川がヴィクトールのように絶望的な顔をする。

杏は吐息を漏らすと、ダンボールに目を向けた。——この壊れかけの椅子を星川が『ツクラ』の工房に持ち込んだのは、幽霊が出現する四十分ほど前のことだ。ちょうど帰宅するところだった工房長の小椋健司《おぐらけんじ》と室井武史《むろいたけし》の二人と入れ違いになったという。杏がヴィクトールの連絡を受けて工房を訪れたのは、その十分ほどあとになる。

星川が訪れる少し前に、島野雪路《ゆきじ》も帰宅したそうだ。

ちなみに星川は、昼に一度、ヴィクトールに電話で泣きついている。

星川の話によると、この不気味な椅子は、彼を騙っていた幽霊の説明通り、「知り合いから譲られたもの」なのだとか。

ただし、事前になんの知らせもなく、ある日いきなり彼のもとに椅子が届いた。ダンボールの中には手紙も一通入っていたという。幽霊が現れる前に、杏とヴィクトールはその手紙も星川から見せられている。

杏は手紙の内容を思い出して、身震いした。

「……。その知人も別の同業者からいきなり椅子を送り付けられて困っていた、って手紙に書かれていましたよね。もうその時点でヤバい椅子であることが確定してますよ」

星川も血の気の引いた顔を晒《さら》して、ぶるぶるとし始めた。

「一家心中を装って殺害された家族の遺品だとも書かれていただろ。……俺、まさかと思って、ここに来る前にちょっと調べたんだよ。いや、調べたっつっても、付き合いのあるリサイクルショップのやつに連絡を取って、こういう椅子を知っているかって聞いただけなんだけどな」

「……ひょっとしてこれ、一部の職人の間で有名な椅子だったりします？」

当たってほしくないと念じながら、杏は尋ねた。

「リサイクルショップには、亡くなった人間が使っていた家具とかも持ち込まれるからな。で、そうなると、色々と不可解な話もちらほら舞い込んでくるらしい」

「……はい、なんかわかります」

「そういった話のひとつに、『店を巡《めぐ》る不幸の椅子』というのがあるんだと。持ち主を次々と変えては取り殺し……っていう内容な。とある一家を刃物で皆殺しにした犯人が、しばらくの間、家族の死体とともにその家で一緒に暮らしていたんだよ。死体は、ダイニングの椅子に縛《しば》り付《つ》けられていたそうだ。犯人も最後には自殺したそうで」

「作り話ですよね？」

そうであってほしい、という切実な祈りを抱くも、現実は無情だった。

星川が力なく俯《うつむ》く。

「残念ながら、実際に十数年前にそういう凄惨《せいさん》な事件が起きていてだな……」

杏たちの間に、重い沈黙が流れた。

しばらくして、星川が再び口を開く。

「にしても、少し引っかかるっていうか、話に矛盾《むじゅん》があるよな。あの幽霊は、修理後にまた誰かに椅子を譲ればいいと言っていたけど、手紙には正反対のことが書かれていただろ」

「そういえば、そうですね。椅子を直したら幽霊に取り憑かれる、だからそのままの状態で早く手放せ、ってありましたね」

どちらの忠告が正解なのだろう。

「もうこれって、直しても直さなくても、呪われる運命なんじゃ……？」

「やめてくれ、杏ちゃん」

杏がぽろっと漏らした懸念《けねん》に、星川は細い声で弱々しく抵抗した。

「今の幽霊の正体って、殺された家族の一人とか……。この椅子って間違いなく、死体が座らされていたものですよね。話の内容的にそれ以外ありえないです」

「頼む、やめてくれよ本当に」

「星川さんがここに椅子を持ち込んだから、幽霊も一緒にくっついてきたんでしょうか？」

しかし、だとすると、なぜ星川とは微妙にずれた時間に現れたのだろう。

「杏ちゃん、さっきから切れ味すごすぎねえ⁉　……いや待てよ、俺を騙っていたってことは

――つまり俺も取り殺す気満々だったってことか？」

気づいてはいけないことに気づいた星川が、掠《かす》れた声で言った。

「本当に不思議ですね。取り殺す予定だったにしても、どうして自分を星川さんだと思い込んでいたんでしょうか。もしもあの幽霊が双子みたいに星川さんとそっくりな顔をしていたら、幽霊というよりはドッペルゲンガーの可能性も考えられたでしょうけど――似ても似つかぬ顔の男性でしたよね」

「ドッペルゲンガーも幽霊の成り代わり作戦も嫌だっての！」

本気で泣き出しそうな星川を見つめながら、杏はううんと唸《うな》って、馬鹿げた妄想《もうそう》を頭の中で繰り広げた。

（まさか誰かが、あの幽霊を星川さんだと誤解したとか）

それで幽霊に偽物《にせもの》の人格が芽生え、自分は星川という人物なのだと信じ込んでしまったとか――いや、あるわけがない。

両手で顔を覆《おお》って今日はここに泊まるとごね始めた星川を杏が宥《なだ》めていると、それまで黙り込んでいたヴィクトールが薄暗い視線をこちらに向けてきた。

「似ても似つかぬどころの話じゃないだろ」

星川が、ばっと顔を上げてヴィクトールに同意を求める。

「だよな？　俺のほうが断然イケメンだよな⁉」

杏は、こんなに怖がりながらも容姿の善《よ》し悪《あ》しを幽霊と張り合う星川に、内心引いた。ヴィクトールも同じ気持ちを抱いたのか、鼻の上に細かな皺を作った。

「顔の美醜《びしゅう》の問題じゃない。おまえたちには、アレが成人男性に見えていたのか？」

杏と星川は、息を止めた。

「……どういう意味ですか、ヴィクトールさん」

「あっやめろやめろ、俺は聞きたくない！　嫌な予感しかしない！」

耳を塞《ふさ》ごうとする星川を無視して、ヴィクトールがさらなる恐怖を投下した。

「……血まみれの、男の子だっただろ」

「男の子⁉」

杏と星川は、高くか細い声で叫んだ。ヴィクトールが淀《よど》んだ目をしてうなずく。

「五歳くらいの。俺にはそう見えた」

「お、おまえ、なに言ってんの⁉　アレ、四十代くらいの男だっただろ⁉」

星川の叫びに、杏は目を剝《む》いた。

四十代⁉

「えっ⁉　二人とも、嘘ですよね⁉　七十代くらいの男性ですよね⁉」

三人とも、「はっ⁉」という信じがたい顔をして、互いをうかがった。

五歳くらいの男の子。

四十代の男性。

七十代の男性。

全員、違う人物を見ている。ということは。

杏の頭の中に、一家心中を装って殺害された家族、という言葉が去来した。

「子どもに、その父親に、祖父……。死者の三位《さんみ》一体ですか」

「全然うまいこと言ってねえからな！　そんな三位一体お断りだ！」

星川が再び叫んだ。

「いえ、待ってください。さっき星川さんが指摘した、話の矛盾についても含めて考えると、殺害された家族だけじゃなくて、殺人犯の霊も混ざっていたんじゃないでしょうか？　それが原因で、忠告内容もばらばらになったのかも」

椅子を直したら幽霊に取り憑かれる。

直さないと不可解な死に方をする。

そのどちらかが正解なわけではなく、どちらも正解だった、ということではないか。

「男の子と七十代の男性が被害者側で、四十代の男性が殺人犯の可能性が強いですよね」

「ひっ、杏ちゃん、犯人と被害者の霊の融合とか、そんな地獄《じごく》のレシピを思いつくんじゃない！」

「絶望のコラボだろ」

星川とヴィクトールが、ひとでなしでも見るような目を杏に向けてきた。

（でも全員、男性なんだよね。女性……母親の存在はどこへ行ったんだろう？）

杏たちがたまたま対峙しなかっただけで、母親の霊も混ざっていたのだろうか？　それとも。

「人類って生きても死んでも迷惑すぎる」

ヴィクトールが、わけのわからない恨み言を落とした。

三人はその後無言で、ダンボールの中の椅子——壊れかけの、青いロッキングチェアを見つめた。

そうするうちに、杏は、ふと嫌な可能性に気づいた。

自分の目には、この椅子は、青いロッキングチェアとして映《うつ》っている。

けれどこれも、地獄のレシピで融合《ゆうごう》した三位一体の幽霊たち同様に、ヴィクトールと星川の目には別タイプの椅子に見えていたりとかしないだろうか。

（……なーんて。ないない。絶対）

心の中で力強く否定し、杏が静かに両腕をさすった時、ヴィクトールが溜め息を落とした。

「とにかく、この青い揺り木馬はうちに置いておけないよ。燃やすか、それとも寺に持っていくか」

青い揺り木馬？

杏は茫然とヴィクトールを見つめた。

「え……ロッキングチェア、じゃなくて？」

「は？　青いダイニングチェアだろ？」

星川も、幽霊でも見たような顔を杏たちに向けてきた。


後日譚《たん》があるんだ、と青い顔をした星川が、杏のバイト中に『TSUKURA』の店に駆け込んできたのは、それから一週間後のことだ。

件《くだん》の青い椅子は、杏たちの手には負えないため、遺品やぬいぐるみ供養などを執《と》り行《おこな》っている寺に預けている。

あの椅子を目にした瞬間の住職の表情を、杏はいまだに忘れられない。

なんにせよ、これで杏たちは不気味な椅子から解放されたはずだった。

ところが――。

「……別の知り合いから、先日変なメールが届いたんだよ。『なんで壊れた椅子なんかうちに送ってくるんだ？』って」

星川が、ぞっとした顔で話を続ける。

「送っていない、って返事をしようとしても、どうしてか未送信になるんだよ。電話も出ないし」

「……それって」

「でも、知らせないわけにもいかないから、そいつにはひとまず手紙を出しておいた」

「手紙」

なんだろう、この既視感は。

「そう。俺も『別の同業者からいきなり椅子を送りつけられた』ってさあ――」

杏の頭の中で、壊れかけの青い椅子がゆらゆら揺れた。

後日譚ではないが、杏もひとつ、真実を星川に知らせるべきだろうか。

あの幽霊が星川と時間差で工房に現れた理由が、島野雪路の何気ない話で判明したと。

『――そうだ、一週間くらい前のことだけどさ。星川さんが工房に来ただろ。あの日、俺もさあ、帰り道の途中で星川さんと会ったんだよ。なんか立ちくらみでも起こしたみたいで、建物の影に入っていたけど……、あの人、工房では大丈夫そうだった？　――あー、それと、伝えんの忘れていたことがあるんだよね。俺が帰ったあとに小椋さんと武史君も工房を出たんだよな？　ああ、杏はそのあと工房に？　……で、伝えたいことっていうのは、小椋さんがさあ、もしかしたらあの日、帰宅する時に工房の出入り口の近くに置いていた盛り皿を蹴っ飛ばしちゃったかもって。杏と学校で会った時に謝罪しといてくれって頼まれた。自分で言えばいいのにな』

あとがき

糸森 環

こんにちは、糸森《いともり》環《たまき》です。

この本をお手に取ってくださり、ありがとうございます。

椅子職人シリーズ四巻目になりました、とても嬉しいです。

　一巻読み切りスタイルを心がけていますが主要となる登場人物は既刊通りです。人類を嫌う偏屈《へんくつ》な椅子職人と霊感持ち女子高生のオカルト事件簿です。この二人を軸《じく》に、椅子を絡めた様々な形の恋愛模様を描こうというコンセプトで進めております。

　実在する椅子等も登場しますが、内容に合わせるためふんだんに脚色したり創作を加えたりしておりますのでご注意ください。


　今回のお話は恋愛よりも家族愛的なものが中心でしょうか。本篇ではオカルト的な怖さは控《ひか》えめかなと思い、書き下ろしのほうで王道（？）の理不尽ホラーを目指してみました。

　本人には意味不明でしかない理由で巻きこまれたり災難に見舞われたりするというのもホラーものの醍醐味《だいごみ》ですよね。

　ところでこのシリーズを書いていると、木製の椅子がほしくなります。そして不器用なくせに木製家具を作るわけですが、最初に作ったものなんてガッタガタです。ジョイントすらまともにつけられないレベルでした。今もレベルが上がりません……。

こんな感じで、気がつけば部屋のあちこちに木製のものが増殖《ぞうしょく》しております。

謝辞を。

担当様、いつも大変お世話になっております。嬉しく楽しく書かせていただいておりますが、原稿の仕上がりが毎回遅くなりまして申し訳ないです。丁寧なチェック、とても感謝しております！

冬臣《ふゆおみ》様、どの巻も美麗なイラストを描いてくださってありがとうございます！　カラーも本当に素敵です。今回、とうとう星川《ほしかわ》が書き下ろしの扉に……！

編集部の皆様、デザイナーさん、校正さん、書店さん。たくさんの方々のご助力にてこの巻が完成しました。厚くお礼申し上げます。家族や知人にも感謝です。

読者様にどうか楽しんでいただけますように。お付き合いいただけましたら嬉しく思います。

W I N G S • N O V E L

【初出一覧】
お聞かせしましょう、カクトワールの令嬢たち：小説Wings '20年夏号(No.108)～'21年冬号（No.110）
青ざめる椅子の冒険：書き下ろし

この本を読んでのご意見、ご感想などをお寄せください。
糸森 環先生・冬臣先生へのはげましのおたよりもお待ちしております。
〒113-0024 東京都文京区西片2-19-18 新書館
[ご意見・ご感想] 小説Wings編集部「椅子職人ヴィクトール＆杏の怪奇録④ お聞かせしましょう、カクトワールの令嬢たち」係
[はげましのおたより] 小説Wings編集部気付○○先生

椅子職人ヴィクトール＆杏の怪奇録④
お聞かせしましょう、カクトワールの令嬢たち

著者：**糸森 環** ©Tamaki ITOMORI
初版発行：2021年10月25日発行

発行所：株式会社 新書館
［編集］〒113-0024 東京都文京区西片2-19-18 電話 03-3811-2631
［営業］〒174-0043 東京都板橋区坂下1-22-14 電話 03-5970-3840
［URL］https://www.shinshokan.co.jp/

印刷・製本：加藤文明社

ISBN978-4-403-54232-9 Printed in Japan

S H I N S H O K A N